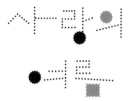

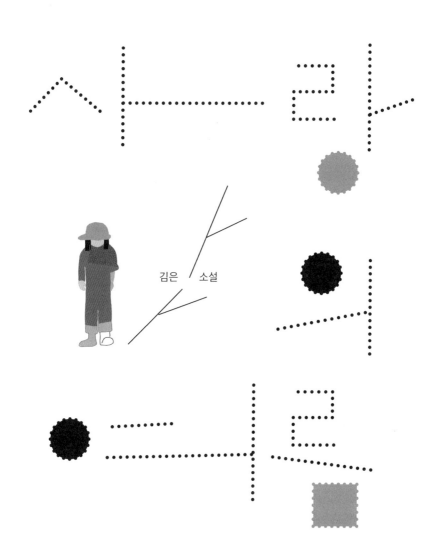

김은 소설

자음과모음

차례

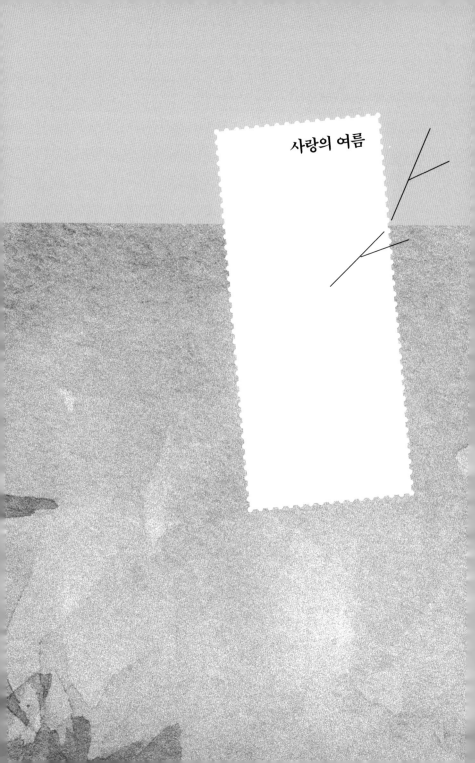

사랑의 여름

산으로 올라가는 입구는 보이지 않았다. "분명 여기쯤이 맞는데" 하고 아버지가 가리킨 곳은 가시 돋친 가지와 넝쿨들로 뒤엉켜 있었다. 당황한 아버지는 등산용 모자를 벗고 달걀 표면처럼 매끈한 이마에 맺힌 땀을 닦아냈다. 머리숱이 적어 거의 민머리에 가까웠지만 아버지는 끝까지 장발 스타일을 고수했다. 대머리도 장발 단발의 선택이 가능한지는 모르겠으나 아무튼 몇 가닥 남지 않은 머리카락을 항상 묶고 다녔다. 그것은 어떤 동물의 꽁지처럼 보이기도 했는데, 일종의 흔적 기관처럼 아버지의 뒤통수에 간신히 남아 있었다.

  "여름 산이 원래 이렇게 무서운 거야. 한 달만 사람 발길이 닿지 않아도 금방 수풀이 우거지거든."

그렇게 말하고는 아버지는 커다란 전지가위로 구멍을 오려내듯 가지들을 잘라내기 시작했다. 그의 어떤 말도 신뢰하지 않지만, 산은 정말로 무서운 재생력을 가진 듯했다. 나무를 잘라내고 또 잘라내도 가지들은 계속해서 나타나 우리 앞을 가로막았다.

그사이 나는 주위를 둘러보며 왜 하필 산일까, 하고 생각했다. 짙푸른 능선과 능선이 이어져 있어 어디서부터 어디까지가 우리 소유의 산인지 알 수가 없었다. 아니, 애초에 저런 산들에 주인이 있다는 것이 믿기지 않았다. 그건 뭔가 강이나 바다 아니면 허공에 경계를 지어 각각의 이름표를 붙여놓은 것 같았다. 이왕이면 좀 더 수치적이고, 좀 더 환산 가능한 것이었으면 좋았을 거라는 생각이 들었다. 가령 얼마 전 친구가 로또 당첨보다 더 어렵다는 신축 아파트를 분양받은 것처럼. 나는 내 몫이라고 짐작되는 만큼을 멀리서 손 뼘으로 가늠해보았다. 세 뼘에서 네 뼘쯤이려나. 그러나 여전히 측정 불가능한 계산이기는 마찬가지였다.

"아, 못 참겠어. 냄새가 너무 지독해."

산으로 피크닉을 가는 거냐고 신이 나서 따라나선 남동생의 여자 친구가 짜증을 냈다. 왜 굳이 여기까지 따라와서 성가시게 구는 건지. 나는 마트 카트에서 자리만 차지하는 원

플러스 원 상품 취급하듯 남동생과 그의 여자 친구를 쳐다봤다. 하지만 악취 때문에 고통스럽기는 나 역시도 마찬가지였다. 골이 지끈거리고 속이 좋지 않았다. 맑은 공기를 마시면 어젯밤 과음으로 인한 숙취가 가실 줄 알았는데, 줄곧 코를 움켜쥐고 있어야 할 만큼 분뇨 냄새가 진동했다.

냄새는 산 초입에 위치한 축사에서 났다. 대략 눈짐작만으로도 사육하는 소가 백여 마리는 될 것 같았다. 축사는 위생적으로 관리되지 않는지 분뇨 냄새가 코를 찌를 듯 지독했고, 오수가 흘러나와 함정처럼 군데군데 웅덩이를 만들어놓았다. 뜨거운 여름 볕에 증발돼가고 있는 웅덩이 위로 날벌레들이 까맣게 꼬여 있었다. 악취도 문제지만 여름마다 극성을 부릴 벌레가 더 큰 문제였다. 아버지의 바람대로 이곳에 펜션이나 실버타운이 들어설 가능성은 요원하게 느껴졌다.

다 함께 산에 가보는 게 어떠냐고 처음 말을 꺼낸 사람이 누구인지는 기억나지 않았다. 올해로 쉰여덟이 된 아버지의 생일을 축하하기 위해 가족이 모여 저녁 식사를 했고, 어색한 분위기 속에서 말없이 술잔만 기울이다가 누가 먼저랄 것도 없이 정신을 놓을 정도로 취해버렸다. 그리고 가족이 모이기만 하면 나오는 뻔한 레퍼토리, "내가 그동안 얼마나 힘들었는지 알아?"로 시작해서 지금 이렇게 엉망으로 살고 있는 건

"모두 아버지 때문이야"로 끝나는 원망 섞인 말들을 서로 경쟁하듯 쏟아냈다.

하지만 그 말은 "모두 아버지 때문이야"가 아니라 "모두 아버지가 우리 곁에 없었기 때문이야"로 정정되어야 했다. 우리에게 아버지는 '원래'부터 있다가 사라진 사람이 아니라 '애초'부터 없었던 사람에 가까웠다. 통조림 뒷면에 적힌 제조 성분처럼 우리의 탄생에만 관여했을 뿐이니까. 물론 아버지가 있었다고 해서 더 나은 삶을 살았을 거라는 생각은 들지 않았다. 어쩌면 좀 더 나빴거나 훨씬 더 나빴을 수도 있었다. 원래부터 없었던 것들은 애초에 비교 대상이 될 수 없기 때문이었다. 그런데도 우리는 뭔가가 뜻대로 이루어지지 않을 때마다 습관처럼 아버지의 부재를 탓하곤 했었다.

아침에 눈도 제대로 뜨지 못한 채 거실로 나왔을 땐, 아버지는 이미 출발 준비를 마친 상태였다. 챙이 넓은 등산용 모자와 메시 소재의 조끼를 갖춰 입고 팔 전체를 감싸는 토시까지 단단히 챙겼다. 전복의 전복은 결국 제자리인 것일까. 아버지가 느닷없이 등산복 차림으로 내 눈앞에 서 있는 상황보다도, 그의 몰개성적인 모습에 더 당황했다. 그냥 나이 든 남자에 불과하구나, 그것도 머리숱 휑한. 그제야 나는 어젯밤 기억을 하나둘씩 떠올렸다. 누군가 술에 잔뜩 취해 '산에 가자'고 제안했고, 죄인처럼 줄곧 입을 다물고 있던 아버지가

'그럼 재작년에 심은 장뇌삼이 잘 자라는지 보고 오자'고 했던 것이다. '산'이라는 말에 혹한 건지, '장뇌삼'이란 말에 혹한 건지 내가 가장 반색을 하며 찬성했던 기억이 떠올라 어쩔 수 없이 화장실로 들어가 퉁퉁 부은 얼굴에 찬물을 뿌리고 나왔다. 물론 장사가 바쁘다는 핑계로 엄마는 오늘 산행에서 빠졌지만 말이다.

그 후로도 한참 가지를 잘라내고서야 한 명이 고개를 숙인 채 간신히 지나갈 수 있을 정도의 통로가 만들어졌다. 남동생이 내민 손에 의지해 그 좁은 통로를 빠져나온 순간, 내가 그동안 산에 대해서 얼마나 무지했는지 깨달을 수 있었다. 돌이나 나무로 인위적으로 만든 층계까지는 아니더라도 사람들의 발길에 의해 자연적으로 생긴 등산로 정도는 있을 줄 알았는데, 그건 나의 완전한 착각이었다. 거의 자연 상태로 방치된 산은 어떤 것도 예측할 수 없다는 점에서 충분히 위협적이었다. 사방에 나무가 빽빽이 들어차 전혀 방향을 가늠할 수 없다는 것도 그랬지만, 특히 발밑에 무엇이 있을지 예상할 수 없다는 것에서 그랬다. 가을과 겨울을 수없이 거치며 땅 위에 낙엽이 층층이 쌓여 발밑은 위험천만한 지뢰밭과 다르지 않았다.

"이런 데 시체가 묻혀 있어도 정말 모르겠는데?"

등산 스틱 대신 긴 나뭇가지를 꺾어 쌓인 낙엽을 헤치던 남동생이 말하자, 그의 여자 친구는 당장 눈앞에 유기된 백골 상태의 사체가 나타나기라도 한 것처럼 소리를 질렀다. 내 인생에 있어서 번거로운 존재는 남동생 하나로도 충분하지 않을까, 생각하다가 '적당하다'라는 균형감은 왠지 나에게 허용된 감각이 아니라는 데 생각이 미쳤다. 아주 부족하거나 아니면 지나치게 과도하거나. 그런 양극단이 주는 긴장감 속에 계속 머물러 있다 보면 결국엔 그 무엇도 기대하지 않는 무덤덤한 상태에 이르게 된다는 것을 그동안의 경험을 통해 나는 익히 알고 있었다.

하지만 누구보다도 무방비한 상태로 이곳에 와 있는 사람은 나였다. 밑창이 고무로 된 스니커즈는 볕이 잘 들지 않아 축축하게 습기를 머금은 낙엽을 밟을 때마다 쉽게 미끄러졌고, 짧은 기장의 바지 아래로 맨살이 한 뼘쯤 드러나 있어 벌레에 쏘이거나 억센 풀에 발목이 쓸리기 십상이었다. 잔뜩 긴장을 하며 산을 오른 탓에 금세 숨이 차오르고 이마에 땀이 맺혔다. 무슨 일을 시작하든 가장 중요한 것은 '장비빨'이라던 남자 친구의 말이 떠올랐다. 동네 뒷산을 오르더라도 제대로 장비를 갖췄느냐 갖추지 않았느냐에 따라 마음가짐부터 달라지는 법이라고.

한창 주식에 빠진 그는 전문 게이머들이 사용하는 고사양

컴퓨터와 화면이 3분할 되는 초대형 모니터를 자신의 원룸에 들여놓으면서 장비빨의 중요성을 거듭 강조했다. 그는 자신의 본업은 주식이고, 부업이 회사원이라고 말할 정도로 주식에 열중해 있었다. 그저 주식할 밑천을 만들기 위해 하루 여덟 시간의 노동을 감내하고 있는 거라고. 그러지 않았다면 상장폐지된 주식처럼 하등의 가치도 없는 그런 회사는 벌써 때려치웠을 거라고. 그는 빨간색과 파란색 선으로 그려진 산의 등고선 같은 그래프를 보면서 주식과 산을 타는 행위를 자주 비교하곤 했다.

"오르는 건 어렵지만 내려가는 건 순식간이야. 그래도 눈앞에 또 정상이 보이면 오르지 않고는 못 배긴다니까."

하지만 내 눈에는 제각각의 궤적을 그리는 그래프들이 삶의 수많은 변수처럼 느껴졌다. 상한가와 하한가 사이에서 요동치다가 결국엔 단 한 번도 정점을 찍지 못한 채 하향 곡선을 그리며 추락하고 마는.

아버지는 어쩐지 아버지라는 역할에 익숙한 사람처럼 저만큼 앞서 나가며 전지가위로 가지를 잘라내고, 낫으로 풀을 쳐내며 길을 터주었다. 하지만 그의 말처럼 여름 산의 무서운 재생력 때문인지 안으로 깊숙이 들어가고 있다는 느낌은 들지 않았다. 왠지 낭패감이 들었는데, 그건 첫 회사에서 막 대리로 승진했을 때 회사로 나를 찾아온 중년의 낯선 남자—기억하는 한, 아버지를 사진이 아닌 실물로 본 것은 그날이 처음이었다—와 로비에서 처음 마주했을 때와 비슷한 기분이었다.

내가 네 살이 되던 해 가출을 했다는 아버지는 우리에겐 몇 장의 사진으로만 그 존재를 확인할 수 있는 사람이었다. 나는 그중 한 장을 앨범에서 훔쳐내 불온한 물건처럼 남몰래 보관하고 있었는데, 그 사진 속에서 아버지는 풍성한 머리숱을 자랑이라도 하듯 어깨까지 내려오는 긴 머리를 하고 폭이 세 뼘쯤 달하는 나팔바지를 입고서 잔뜩 허세 부린 포즈를 취하고 있었다. 어떤 록밴드 가수의 야외 콘서트장에서 찍은 듯한 그 사진에는 아버지와 비슷한 옷차림을 하고 비슷한 포즈를 취한 사람들이 여럿 있었는데, 꼭 1960년대 외국 영화의 포스터를 보는 듯한 느낌이었다.

그 사진의 뒷면에는 아무렇게나 휘갈겨 쓴 글씨로 '사랑의 여름, 1986'이라고 적혀 있었다. 유치하고 뻔한—내가 태어나기 2년 전, 그러니까 스물두 살의 그는 분명 이런 시시껄렁한 말밖에는 하지 못했을 테니까—표현이라고 생각해서 볼 때마다 눈살이 찌푸려지던 그 문구의 의미가 무엇인지 나는 훗날 대학생이 되고서야 알았다. 대중문화를 커리큘럼으로 하는 교양 수업에서 그 단어를 다시 보았는데, 나는 그때 '사랑의 여름'이 1967년 여름 미국 전역을 비롯하여 유럽에서 온 10만 명 이상의 히피들이 샌프란시스코 인근에 집결해 '사랑과 평화'라는 슬로건을 내걸고 축제를 즐겼던 일종의 반문화 운동이라는 것을 알게 되었다.

교양 수업을 담당했던 교수는 우리에게 노래 한 곡을 들려주었다. 그 시기에 히피들의 주제가로 불렸던 스콧 매켄지의 〈샌프란시스코〉라는 노래였다.

> 샌프란시스코에 오는 누구라도
> 여름에는 사랑이 있을 것입니다
> 샌프란시스코의 거리에는
> 머리에 꽃을 꽂은 사람들이 있습니다
> For those who come to San Francisco
> Summertime will be a love in there
> In the streets of San Francisco
> Gentle people with flowers in their hair

그 노래를 들은 이후로 나는 어쩌면 아버지가 샌프란시스코에 모인 히피들처럼—물론 유년기와 청년 시절을 모두 서울 변두리 지역에서 보낸 아버지가 사진을 찍을 당시 '사랑의 여름'에 대해 알고 있었는지, 그래서 평화와 자유를 상징하는 의미로 뒷면에 그런 낙서를 남겼는지는 여전히 의문스럽지만—자유로운 삶을 살아가고 있을지도 모른다고 막연하게 생각했다. 그럴 때마다 아버지를 원망하는 마음은 더 커졌다. 왠지 그의 자유로운 삶을 위해 우리가 대신 저당 잡혀 있다는 생각이 들었던 것이다.

가령 아주 참담해지는 순간들, 해마다 오르는 전세금 때문에 밀려나듯 점점 더 변두리로 이사를 가는 바람에 대학 생활 전부를 왕복 세 시간 넘게 걸리는 통학과 맞바꿔야 했다거나, 친구 오토바이를 몰래 타고 나갔다가 사고를 낸 남동생의 합의금을 물어주느라 그동안 아르바이트를 해서 모은 어학연수 비용을 날리게 되었을 때에도 번번이 현실에 지고 말았다. 그렇듯 내 삶의 균형을 깨뜨리는 변수들은 내부가 아닌 외부에 존재했고, 그 외부란 언제나 가족의 범주를 벗어나지 못했다.

내가 적성에도 맞지 않는 무역회사에 들어가 각 나라의 관세율을 외우고, 온통 암호 같은 부호들로 채워져 있는 통관 서류 작성에 익숙해지는 동안 아버지가 무얼 하며 지냈는지 우리는 알지 못했다. 다행히 큰 범죄에 연루된 적은 없는 것 같았고, 계절 지난 옷 몇 가지가 전부인 가방에서 나온 통장의 잔고는 거의 제로에 가까웠다. 그리고 서로 말하지는 않았지만 그가 돌아온 순간부터 아버지라는 존재가 우리 인생에

미치는 영향력이 그의 통장 잔고보다도 더 미미하다는 것을 절실히 깨달았다.

기왕이면 영영 돌아오지 않는 편이 좋지 않았을까. 나는 가끔씩 눈앞에 있는 아버지가 내가 따로 보관하고 있는 사진 속 인물—물론 확연히 달라진 머리숱 차이 때문일지도 모르겠지만—과 전혀 다른 사람일지도 모른다고 생각하곤 했다. 사진 속 인물은 여전히 부재중이며, 현실에 속박되지 않은 채 긴 여행을 계속하고 있을 것이라고. 그리고 그의 옆에는 엄마와 남동생과 내가 아닌, 머리를 화려한 꽃으로 장식한 뜨거운 여름처럼 정열적이고 사랑이 넘치는 사람들이 그들만의 축제를 즐기고 있을 것이라고.

나에게 스콧 매켄지의 〈샌프란시스코〉를 들려준 교수는 '히피의 결혼식' 문화에 대해서도 알려주었는데, 그들의 결혼 서약은 우리가 생각하는 결혼의 의미와는 전혀 달랐다. 그들은 결혼할 때 서로를 구속하지 않고 둘 중 한 사람이 자유를 원할 때 기꺼이 놓아주겠다는 약속을 한다고 했다. '사랑'과 '자유'를 신봉하는 그들이 가장 경계해야 할 것은 '의무'와 '소유'일 테니까.

그 수업을 함께 수강했던 당시 남자 친구는 그 이야기를 듣고는 내 귀에다 대고 "더 이상 너를 사랑하지 않는다고 느끼면 너를 반드시 버리겠다고 맹세할게"라고 웃으며 속삭였고,

나는 "그렇다면 나는 이 강의실을 나가는 즉시 너를 뻥 차버리겠다고 맹세할게"라는 말로 되갚아주었다.

얼마 지나지 않아 남자 친구와는 사랑 운운할 수도 없을 만큼 사소한 이유로 헤어졌지만, 그날 이후로 나는 '샌프란시스코'라는 말을 떠올릴 때마다 조용한 폭동을 일으키고 싶어졌다. 늘 성실히 그 자리를 지킬 것이라는 모두의 기대를 배신하고, 아버지처럼 '사랑의 여름'으로 훌쩍 떠나고 싶은 마음이 들었다. 꼭 샌프란시스코가 아니더라도, 꼭 여름의 계절이 아니더라도.

하지만 늘 현실은 힘이 셌다. 그런 생각이 들 때마다 나는 반사작용처럼 통장의 잔고를 떠올리며 그 마음이 얼마나 사치스럽고 무용한지 깨닫곤 했다. 당장 앞에 놓인 현실의 문제를 해결하는 것만으로도 삶은 쉴 틈이 없었다. 그리고 그렇게 지친 마음을 달래주는 건 오히려 숫자들이었다. 월급이 조금씩 오르고, 비었던 통장 잔고가 채워지고, 적금에 이자가 붙는 것처럼.

책임감 있는 가장의 역할을 흉내 내듯 "우리한텐 이 산이 있으니 앞으로는 아무 걱정하지 마라" "산 너머로 고속도로가 새로 뚫리면 땅값이 천정부지로 치솟을 거다"라고 줄곧 기대에 들떠 있던 아버지는 방향을 잃었는지 어느 순간부터 자주 멈춰 서서 주위를 살폈다. 분명 멀지 않은 곳에 장뇌삼을 심어놨다고 했는데, 산중을 한참 오르도록 삼밭을 발견하지 못했다.

점점 지쳐갈수록 산에 아무렇게 자라난 잡풀마저도 삼의 이파리처럼 보일 지경이었다. 남동생은 핸드폰으로 산삼 잎 모양을 검색한 다음 비슷한 생김새의 이파리가 보일 때마다 "잎사귀가 다섯 개인데, 이거 산삼 맞지?"하고 요란을 떨며 들고 있던 나뭇가지로 땅을 파헤쳤다. 삼이 아닌 말라 죽은 풀뿌리가 뽑혀 나올 때마다 크게 실망한 것은 남동생의 여자 친구였다.

나는 남동생의 여자 친구가—몇 년째 시나리오 공모전 준비를 하며 시간만 낭비하고 있는 남동생과 함께—베이글 카페를 차리고 싶어 한다는 것을 잘 알고 있었다. 이미 시장조사를 시작했는지 독특한 콘셉트로 인기를 끄는 카페 사진들을 자신의 SNS에 매일같이 업로드했다. 최근에는 제주도 해안도로에 위치한 카페와 숲 한가운데 자리한 오키나와의 카페 사진을 여러 장 올린 뒤 #보타닉카페 #숲속정원 #힐링 #초록인테리어 같은 해시태그를 달아놓았다. 남동생과는 2년 넘게 동거를 하고 있는 터라 우리 가족과는 서로 격 없이 지내는 사이였지만, 명절이나 생일 같은 의례적인 가족 모임에 얼굴을 내비친 것은 이번이 처음이었다.

"아버님, 고속도로가 뚫리면 여기에 카페가 하나 생기면 좋겠어요."

아직도 부를 때마다 말끝을 흐리게 되는 아버지, 라는 말을 남동생의 여자 친구는 잘도 불렀다. 벌써부터 이곳에 카페를 차릴 계획을 하는 걸까, 하는 생각이 들자 괜한 조바심이 올라왔다. 이 산의 쓸모가 남동생과 그의 여자 친구에게 베이글 카페라면 나에게는 도대체 뭘까. 물론 궁리해보지 않은 건 아니었다. 카페나 펜션―아버지는 고속도로가 뚫리면 주말농장 같은 전원 체험을 할 수 있는 펜션을 짓겠다는 계획을 입버릇처럼 얘기하곤 했다―처럼 구체적인 것은 아니었지만, 나를 짓누르는 현실의 중력으로부터 조금은 자유로워지고 싶다는 생각을 했었다. 아니면 최소한 가족이라는 자장권 밖으로 벗어나거나.

내 얘기를 들은 남자 친구는 네가 여전히 그렇게 감상적일 수 있는 건 아직 덜 망해봤기 때문이라고 단정 짓듯 말했다. 그러나 '더'여서 더욱 절망적이고, '덜'이어서 그나마 다행이라고 생각되는 삶이라면 이미 희망을 기대할 수 없는 게 아닌가, 하고 나는 생각했다.

얼마 전 부산 사무소로 발령이 난 사실을 남자 친구가 알게 된다면 여전히 그런 말을 할 수 있을까. 부산 사무소는 영업

실적이 급격히 줄어들어 명목상 겨우 유지되고 있었으므로, 그곳으로의 발령은 좌천이나 다름없었다. 실제로는 눈엣가시 같은 존재들을 눈앞에서 치워버리는 용도로만 활용되고 있었다. 평소에도 나를 탐탁지 않게 여기던 부장은 기회만 생기면 내 자리를 부산 사무소로 옮기려 했고, 그럴 때마다 나는 나의 사정들—최근까지도 나는 현실적으로나 심정적으로 아버지가 부재한 상태였으므로—을 적극적으로 어필하며 지금껏 버텨왔던 것이다.

부장이 나를 못마땅하게 여기는 이유는 나의 부족한 외국어 실력 때문이었다. 영어든 일본어든 중국어든 어느 것 하나 능숙하지 않아서 업무를 맡기기에 적합하지 않다는 것이었다. 하지만 주로 상품의 수출과 수입에 필요한 서류 준비를 보조하는 나의 업무 특성상 외국어는 필수 조건이 아니었다. 내게 꼭 필요한 것은 언어라기보다는 국가별 품목별 코드와 고유 번호를 이루는, 무작위로 뽑은 이니셜과 숫자와 기호의 불특정한 조합일 뿐이었다. 그럼에도 부장이 나의 외국어 실력을 들먹일 때마다 애초부터 나에게 있었던 치명적인 결함을 들킨 것처럼 스스로를 조아릴 수밖에 없었다.

하지만 진짜 문제는 그동안 발령을 피할 수 있었던 유일한 핑계가 나의 삶에서 사라졌다는 것이다. 가족관계증명서에 생경한 이름 석 자로만 남아 있었던 아버지가 이제는 내 삶에 확실한 존재감을 드러내고 있었다. 다른 핑계들—집의 전세 만료 기간이 한참 남았다거나 타고난 체질상 고온 다습한 해안 기후와 잘 맞지 않는다는 등—을 생각해냈지만 전부 궁색하기 짝이 없었다. 그런 대단찮은 이유들로 부장을 설득하기에는 역부족일 것 같았다. 지금까지 크고 작은 실패와 마주할 때마다 나에게 있어 가장 큰 핑계는 아버지가 없다는 것이었고, 그렇게 생각하고 나면 어떤 상황에서도 나 자신에게 조금은 너그러워질 수 있었다. 어쩌면 아버지의 쓸모란 '있음'의 상태가 아니라 '없음'의 상태일 때만 유효한 것인지도 몰랐다.

산으로 깊숙이 들어갈수록 계절이 여름에서 가을로 바뀐 것 같았다. 나무의 밀도도 더욱 촘촘해져 가지와 잎 사이를 투과해 들어오는 빛의 양도 줄어들었다. 땅거미가 진 것처럼 산속은 이미 어둑해지고 있었다. 이마와 목덜미에 흘렀던 땀이 식으면서 한기가 느껴졌다. 얇은 점퍼를 챙겨 오지 않은 것을 후회했지만, 그것만큼 소모적인 감정도 없다는 생각에 나는 걸음을 멈췄다.

이대로 계속 산을 오르는 건 무리였다. 이미 방향을 잃은 지 오래였다. 이제는 무사히 산을 내려갈 수 있는지조차 걱정되었다. 아버지 말대로 이 넓은 산 어딘가에 삼밭이 있다고 해도, 정말 거기에 장뇌삼이 잘 자라고 있을지도 의문이었다.

종종 아버지를 힐난할 때마다 엄마가 하던 말이 떠올랐기 때문이다. "네 아버지는 씨를 뿌릴 줄만 알았지, 거둘 줄은 모르는 사람이니까."

그제야 나는 엄마가 오늘 산행에 함께하지 않은 이유를 알 것 같았다. 엄마는 산의 상태, 그러니까 이 산이 쓸모없는 불모지나 다름없다는 걸 이미 알고 있었던 것이다. 이제껏 손바닥만 한 땅조차 소유해본 적 없는 나의 눈에도 산은 그다지 가치 있어 보이지 않았다. 산 너머로 고속도로가 뚫린다고 해도 거리가 제법 떨어져 있을 터였고, 초입에 있는 축사 때문에 도무지 사람이 살 수 있을 것 같지가 않았다. 특히 산을 견고하게 감싸고 있는 음습한 기운이 왠지 께름칙했다. 정말로 신원 미상의 사체가 발견된다고 해도 전혀 놀랍지 않을 것 같았다.

그럼에도 불구하고 엄마가 기필코 이 산을 되찾으려고 했던 이유는—아버지의 가출 이후 혼자서 친할아버지의 유산을 차지하려는 아버지의 형을 상대로 소송을 해서 엄마가 되찾을 수 있었던 것이 고작 이 산뿐이었지만—욕심이 나서가 아니라 억울했기 때문일 것이다. 아직까지도 엄마는 아버지를 결코 용서할 수 없다고 했다. 거기에는 여러 가지 이유가 있는데, 가장 화가 나는 건 아버지에게 모든 선수를 빼앗긴 것이라고 했다. 먼저 상대를 배신할 기회, 먼저 가족이라

는 굴레로부터 벗어날 수 있는 기회. 오랜 식당 운영에 이골
이 난 엄마는 어떤 상황에서도 절대 돌려 말하는 법이 없었으
므로 그 말이 상처가 되지는 않았다. 하지만 엄마의 또 다른
말에는 반감이 들었다. "그래도 너희는 아버지를 미워해선 안
돼, 어쨌든 아버지잖니."

낙엽으로 가려져 잘 보이지 않지만, 흙이 유실되면서 생긴
동공(洞空)이 발아래에 있을 수 있다고 아버지가 여러 차례
주의를 주었음에도 한순간 방심하고 말았다. 발을 헛디딘 듯
한 느낌이 들더니, 다음 순간 균형을 잃고 넘어졌다. 다행히
겹겹이 쌓인 낙엽 위로 쓰러져 크게 다치지는 않았다. 하지만
넘어지면서 발목을 접질렀는지 움직일 수가 없었다. 맥박이
발목에서 뛰는 것처럼 욱신거렸다. 아버지 앞에서 왠지 약한
모습을 보이고 싶지 않아 발목을 움직여봤지만 내 의지 바깥
에 있는 것처럼 꼼짝도 할 수 없었다.
　"내가 뭐랬니. 산에서는 한순간도 긴장을 놓아선 안 된다고
했잖아."
　어느새 다가온 아버지가 내 왼쪽 발목을 붙잡고는 원을 그
리듯 천천히 돌렸다. 절대로 움직이지 않을 것 같던 발목이
처음엔 아버지의 힘에 의해서, 나중에는 다른 힘을 빌리지 않
고도 스스로의 관성에 의해 돌아갔다. 하지만 아무리 위급한

26

순간이라고 해도 아버지와 친밀한 사이로 보이고 싶지는 않았다. 나는 괜찮다며 아버지의 손을 밀어내고는 남동생의 부축을 받으며 자리에서 몸을 일으켰다. 뼈가 부러진 건 아닌 것 같았지만, 발목을 심하게 삐어 제대로 걸을 수가 없었다. 한 걸음 내디딜 때마다 바늘이 발목을 관통하는 것처럼 찌릿한 통증이 느껴졌다.

"누나도 다쳤고, 그만 돌아가는 게 좋겠어요."

왼쪽 발을 땅에 디딜 수가 없어서 내 무게를 온전히 감당하고 서 있던 남동생이 짜증 섞인 말투로 말했다.

"이젠 조금만 가면 된다. 어디에 심었는지 정말 기억났다니까."

아버지가 미안한 표정을 지으며 나에게 동의를 구하듯 물었다. 하지만 잠자코 있는 나를 대신해 대답한 것은 남동생의 여자 친구였다.

"정말 기억나셨다잖아요. 괜찮죠, 언니?"

나는 민폐를 끼치고 싶지 않아서 이제는 꽤 걸을 만하다고 거짓말을 했다. 하지만 한 걸음 내딛는 것조차 쉽지 않았다. 복사뼈 주위가 빨갛게 부어올랐고, 다리를 심하게 저는 탓에 걷는 속도가 느렸다. 통증 게이지가 점점 차올라 곧 한계에 다다를 것 같았지만 나는 이를 악물고 버텼다. 아버지와 남동생에게 뒤처지지 않기 위해, 그들에게 짐처럼 취급되지 않기 위해. 하지만 얼마 못 가서 주저앉고 말았다. 발목의 통증이 심해서가 아니었다. 이런 상황에서조차 마음껏 아파하지 못하고, 스스로의 부주의함을 탓하는 나 자신이 한심하게 느껴졌기 때문이다. 나는 이미 접질린 다리를 또 다치기라도 한 듯 왼쪽 발목을 움켜잡았다. 지금 마침표를 찍지 않으면 돌이킬 수 없을 것 같았다. 마침내 울음이 터져 나왔다.

결국 어쩔 수 없이 장뇌삼은 아버지 혼자 찾아 나서기로 했다. 삼밭의 위치가 정말 기억났는지 아버지는 등산화 끈을 단단히 조여 묶고는 경사진 산비탈을 거침없이 올라갔다. 분명 등산로조차 나 있지 않은 험한 산길인데도 지리를 훤히 꿰뚫고 있는 사람처럼 보였다. 남동생이 "아버지!" 하고 부르자 그는 안심하라는 듯 팔을 크게 휘저었다. 내 눈에는 그 모습이 마지막 인사를 전하는 것처럼 보여 괜히 코끝이 시큰했다. 외면하듯 군락을 이룬 가시덤불 숲으로 시선을 옮겼다가 다시 산비탈 쪽으로 고개를 돌렸을 땐 빽빽한 나무들에 가려져 아버지의 모습은 보이지 않았다.

최대한 경사가 덜한 평평한 곳에 자리를 잡고 앉아 아버지를 기다리기로 했다. 지금 우리가 있는 곳이 산 중턱인지 아니면 정상에 가까운지조차 알 수 없었다. 나는 스마트폰을 꺼내 구글 지도 앱을 실행했다. 현재 위치를 가리키는 화살표가 몇 번 깜빡이더니 지도에서 완전히 사라져버렸다. 나는 막막한 심정으로 색색의 곡선으로 표시된 등고선을 바라봤다. 산에서도 바다에서처럼 좌표를 잃고 표류할 수도 있다는 생각에 불안해졌다. 나는 혹시 신호가 잡힐지도 모른다는 생각에 스마트폰을 쥔 손을 이리저리 뻗어봤으나 소용없었다. 이번에도 역시 나를 옴짝달싹 못하게 하는 건 가족이라는 생각이 들어 화가 치밀었지만, 지금은 무엇보다 산에서 무사히 내려가는 방법을 찾는 것이 우선이었다.

하지만 남동생과 그의 여자 친구는 그들만의 세상 속에 있는 것 같았다. 나와 조금 떨어진 곳에 앉아 가시나무에 긁힌 곳은 없는지, 벌레에 쏘인 곳은 없는지 서로를 살뜰히 살폈다. 평소에 보지 못한 낯선 모습이었다. 남동생의 다정한 모습을 지켜보고 있으려니 벌레가 살갗을 기어오르는 것처럼 간지러운 기분이 들었다. 나는 눈에 보이지 않는 벌레를 쫓듯이 괜스레 허공을 향해 손을 내저었다. 결국 저 두 사람은 결혼하게 될까. 나는 그들이 서로를 더 이상 사랑하지 않게 되었을 때에도 여전히 함께할 수 있을지 궁금했다. 두 사람의 미래는 예측할 수 없지만, 한 가지만은 확실히 알 것 같았다. 아버지의 외향을 쏙 빼닮은 남동생도 결국은 아버지처럼 대머리가 되리라는 것은.

해가 서쪽으로 기울자 나뭇잎 사이로 비쳐들던 빛도 거의 사라졌다. 온통 초록색이었던 산은 어느덧 무채색에 가까워지고 있었다. 곧 날이 저물 텐데 아버지는 아직 돌아오지 않았다. 혹시 사고가 난 것은 아닐까—산 깊숙한 곳까지 들어가 길을 잃었거나 발을 헛디뎌 낭떠러지 아래 의식을 잃고 쓰러져 있으면 어쩌나—하는 생각이 들었지만, 왠지 그런 일은 일어나지 않을 것 같았다. 대신 엉뚱한 생각을 했다. 아버지와 여름 산은 어쩐지 잘 어울린다는 생각.

남동생이 신호가 잡히는 곳을 찾아 아버지의 핸드폰으로 전화를 걸었다. 하지만 신호가 미약했다. 몇 번 전화벨이 울리다 이내 끊겼다. 그러고는 아예 신호음조차 들리지 않았다. 그동안에도 기온은 급격히 떨어졌다. 얇은 여름옷으로는 체온을 유지하기가 힘들 것 같았다. 자신의 원피스 위에 남동생의 후드 티까지 껴입은 여자 친구는 몸을 오들오들 떨며, 이러다 정말 아버지가 산에서 변사체로 발견되면 어떻게 하느냐는 불길한 소리를 했다. 그렇게 말하면서도 남동생이 아버지를 찾으러 산으로 올라가겠다고 하자 눈물까지 흘리며 죽기 살기로 말렸다. 연약한 자신과 다리 다친 언니 둘만 남겨두는 건 살인 방조나 마찬가지라고.

"일단 산에서 내려가자."

나는 그렇게 말하고는 남동생의 손에 들린 나뭇가지를 빼앗아 들었다. 그것을 지팡이 삼아 한 걸음 내디뎠다. 통증이 몸 전체로 번져가는 듯했다. 발목에서 느껴지던 욱신거림이 이제는 관자놀이로 옮아갔다.

"지금 아버지를 버리고 가자는 거야?"

"버리는 게 아니야. 그냥 잠시 두고 오는 거지."

내 말이 도무지 이해가 안 된다는 듯 잔뜩 화난 얼굴로 버티고 있는 남동생을 설득한 건 그의 여자 친구였다. 우리끼리 아버지를 찾아 나선다면 전부 조난당할지도 모른다고, 일단 산에서 내려가 119에 신고하는 것이 아버지를 가장 빨리 구출할 수 있는 방법이라고. 그리고 지금 이 자리에서 죽으면 죽었지 한 발자국도 더는 움직이지 못하겠다고.

그제야 남동생은 못 이기는 척 내 옆으로 다가와 한쪽 팔을 부축해주었다. 그렇지만 여전히 아버지를 버려두고 우리끼리 산을 내려가는 건 비겁한 일이라고 여기는 것 같았다. 나는 비로소 아버지가 자신의 자리—그곳이 어딘지는 정확히 알 수 없으나, 모든 '의무'와 '책임'으로부터 벗어난 자유로운 곳임에는 틀림없었다—로 돌아간 것일지도 모른다고 생각했지만, 그 말을 남동생에게 하지는 않았다. 대신 한쪽 팔을 남동생에게 의지한 채 천천히 걸음을 옮겼다.

부끄러운 얼굴빛처럼 하늘이 붉었다. 걸을 때마다 바지 아래로 드러난 복사뼈 주위에도 노을과 비슷한 색깔로 멍이 들어 있었다. 유난히 붉은 일몰 때문인지 왠지 낯선 나라의 이름 모를 산을 등산하고 있는 듯한 기분이었다. 그 이국적인 풍경에 잠시 한눈을 파느라 우리는 서로 아무 말도 하지 않았다. 우리에게 닥친 일과는 상관없이 평온하고 고요하게 하루가 지나가고 있다는 느낌이 들었다.

서로를 도와가며 우리는 가시나무 숲을 지나고 작은 도랑을 건넜다. 모두 힘이 빠졌는지 걸음은 느리기만 했다. 나를 부축하고 있는 남동생의 얼굴에도 지친 기색이 역력했지만 아직도 화가 난 것 같지는 않았다. 순간 남동생의 옆모습에 아버지의 옆모습이 겹쳐 보였다. 나는 어둠 속에 잠겨가는 산 정상을 올려다보며 생각했다. 누군가 우리를 본다면 아버지를 혼자 둔 채 산을 내려오고 있다고는 상상도 하지 못할 거라고. 그냥 여름 산행을 즐기는 보통의 가족으로 보이지 않을까 하고.

맹렬했던 여름이 조금씩 식어가고 있었다.

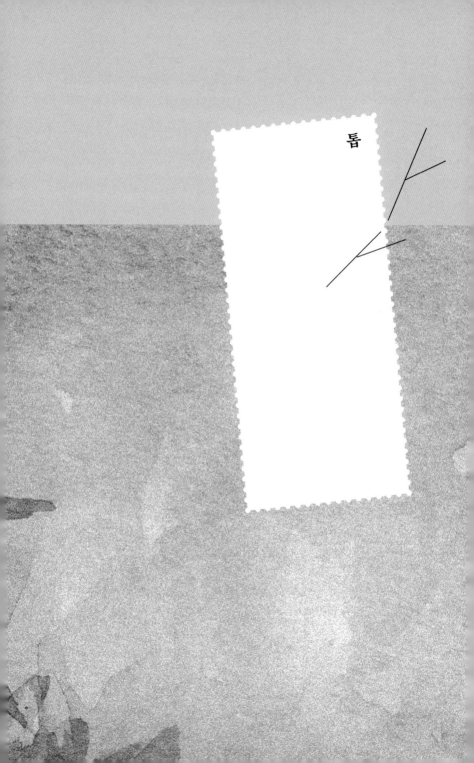

톱

손톱에도 달이 뜬다. 나는 그것을 할머니를 통해 처음 알았다. 손톱달에는 계수나무도, 토끼도 살지 않았지만 손에 꼭 쥐고 있고 싶을 만큼 따스했다. 그릇의 모서리처럼 둥글고 선홍빛이 도는 손톱 아랫부분에 선명하게 자리한 반월. 달이 차오르듯 그 손톱의 반월도 보름달 모양으로 조금씩 커지는 것 같았다.

항상 손톱 밑이 깨끗한 사람. 오래전부터 할머니를 생각할 때면 가장 선명하게 떠오르는 이미지였고, 가장 의아하게 여겨지는 부분이기도 했다. 일찍 남편을 여의고 다섯 남매를 혼자 힘으로 길러낸 사람의 손이라고는 도무지 믿기지 않았다. 내 주위의 사람들은 전부 손톱 따위를 신경 쓸 만큼 세심하지 않거나 그럴 만한 여유조차 없었다.

가장 가까운 엄마만 해도 그랬다. 나름 멋을 낸다고 매니큐어를 칠하긴 했지만 잦은 물일에 늘 지저분하게 벗겨져 있었고, 간혹 손톱 밑에 양념 찌꺼기가 끼여 있었다. 나는 국에 떠 있는 고춧가루를 볼 때마다 혹시 엄마 손톱에서 떨어져 나온 매니큐어 조각이 아닐까, 의심하기도 했었다.

일곱 살 무렵, 부모님이 크게 부부 싸움을 하고 계속 사느냐 못 사느냐의 문제로 골머리를 썩느라 나를 잠깐 외갓집에 맡긴 적이 있었다. 어른들 사이에 흐르는 미묘한 분위기를 어린 나이에도 감지했는지 이른 저녁을 먹고서도 과자며 귤이며 쉼 없이 입으로 가져갔다. 할머니는 귤을 까느라 노랗게 물든 내 손을 한참 들여다보더니 세숫대야에 미지근한 물을 담아 가지고 왔다. 그러고는 거즈로 된 손수건에 비누를 묻혀 손마디와 손톱 밑까지 깨끗이 닦아주었다. 나는 간지러운 듯 자꾸만 손을 오므렸는데, 아마도 그때 느꼈던 감정은 부끄러움이었을 것이다. 부모로부터 세심하게 보살핌을 받지 못한, 방치된 아이의 손.

"사람은 무엇보다도 손 간수를 잘해야 하는 법이다. 그래야 누구도 너를 함부로 대하지 않거든."

할머니는 물에 불어 손끝이 쪼글쪼글해진 내 손의 손톱을 자기와 똑같이 둥근 모양으로 잘라내면서 말했다. 그때는 그

말의 의미를 온전히 이해할 수 없었지만, 나는 평범한 어른으로 성장하는 동안 종종 할머니의 그 말을 떠올리곤 했다. 그럴 때마다 전혀 신경을 쓰지 않은, 불안할 때마다 습관적으로 물어뜯어 엉망이 된 손톱을 들여다보며 혼잣말처럼 중얼거렸다. 그래서 모두 나를 함부로 대하는 건가.

*

할머니의 갑작스러운 사고 소식을 듣고 지방의 한 대학병원으로 차를 몰면서도 나의 시선은 자꾸만 핸들 위에 놓인 손으로 향했다. 손은 여전히 일곱 살의 그 아이처럼 방치된 듯 보였다. 뒷좌석에 앉은 엄마는 소리 죽인 채 눈물을 흘리고 있었다. 나는 룸미러에 비친 그 모습을 보면서 뭔가 기회를 빼앗긴 듯한 기분이 들었다. 함부로 슬퍼하고, 함부로 화내고, 함부로 원망할 수 있는 그런 기회. 감정에도 농도의 차이가 있어서 항상 낮은 쪽에서 높은 쪽으로 흡수되어버리기 때문이다.

일하던 학원을 그만두었다고 말하면 엄마는 어떻게 반응할까? 세상의 모든 일은 복권처럼 당첨 아니면 꽝이 단번에 정해지는 것이라고 했던 엄마의 말이 떠올랐다. 혹시나 하고 기대해봤자 한 번 꽝은 영원한 꽝이라고. 그렇다면 엄마한테 나는 전혀 유효하지 않은 복권이나 다름없을 것이다. 한 번도 아닌 이미 여러 번 긁은 복권. 그건 나와 별다르지 않은 아빠와 남동생도 마찬가지였다. 그렇다면 엄마는 지금 한 장도 아닌 세 장이나 되는 꽝을 손에 쥐고 있는 셈이었다.

수없이 전화를 하고 메시지를 보내 나를 회유하던 원장은 이젠 대놓고 협박하는 지경에 이르렀다. 그는 집요하고 능숙해 보였다. 그 아이의 부모가 누군지 알기나 하냐고 그 아이의 인생을 망치면 그 사람들이 너를 가만히 둘 것 같으냐고, 어떻게 처신했기에 그 착한 애가 이성을 잃었겠냐고. 원장은 이 일을 절대 문제 삼지 않겠다는 각서를 내게서 받아낼 때까지 결코 포기하지 않을 것이었다.

나는 녹화된 CCTV 영상을 돌려 보듯 그날 나의 행동을 머릿속에서 천천히 재생했다. 매일 똑같이 반복되는 일상 속에서 틀린 그림 찾기를 하듯 삐딱하게 놓인 퍼즐 한 조각을 찾아내려고 노력했다. 나의 무엇이 그 아이를 그토록 화나게 만들었으며, 나의 무엇이 그 아이에게 잠재되어 있던 폭력적인 성향을 일깨운 것인지 나 역시 알고 싶었다.

전혀 특별할 것은 없었지만 원인을 삼자면 뭐든 문제가 될 수 있었다. 불만스러운 듯 낮게 내리깐 시선에도, 그날따라 유난히 퉁명스러웠던 말투에도 혐의가 실렸다. 립스틱 컬러가 너무 진하지 않았는지, 스커트 길이가 짧지는 않았는지,

그날 뿌렸던 향수의 향이 자극적이지는 않았는지. 생각이 거기까지 이르렀을 때에야 모든 원인을 나에게서 찾고 있다는 것을 깨달았다. 나란 사람은 결국 나 자신을 탓할 게 뻔하다는 것을 그 아이는 이미 본능적으로 알고 있었던 게 아닐까.

나는 핸들을 꽉 움켜쥐었다. 손에 힘이 들어가자 온몸이 뻣뻣하게 경직되었다. 수업 중 갑자기 뛰쳐나와 나를 책상 위로 밀치고, 살기 어린 눈빛으로 노려보며 당장 숨통을 끊을 것처럼 목을 조르던 그 순간의 공포를 내 몸이 고스란히 기억하고 있는 것 같았다. 그건 무자비한 폭력보다는 죽음의 공포에 더 가까웠다. 나는 메시지 알림음이 계속 울리는 핸드폰을 찾아 '한 번만 더 연락하면 당장 고소하겠다'라고 빠르게 입력한 뒤, 그대로 전원 버튼을 껐다.

병원에 도착했을 때 할머니는 이미 가망이 없는 상태였다. 응급실 앞에 모여 있던 친척들 중 누구도 엄마와 나를 보고 아는 체를 하지 않았고, 엄마와 나 역시 아무것도 묻지 않았다. 더 이상 희망이 없다는 것을 모두가 알고 있었지만 성급하게 단정 짓거나 성급하게 슬퍼하지 않으려고 애쓰는 것 같았다. 엄마와 나는 누군가 미리 지정해둔 것 같은 빈 의자에 앉았다. 한발 늦게 도착한 사람들도 마찬가지로 자리를 한 칸씩 채워나갔다. 응급실 문이 열리고, 피곤한 기색의 의사가 나온 것은 빈 의자가 거의 남아 있지 않을 때였다.

할머니는 만 하루 동안 혼자 방치되어 있었다. 어제저녁까지도 눈인사를 나눴던 이웃 주민이 다음 날 해가 저물도록 할머니가 모습을 나타내지 않자 뭔가 이상하다고 생각해 집으로 찾아갔던 것이다. 잠긴 대문 대신 담을 넘어 집 안으로 들어갔을 땐—그 이웃 주민의 말에 의하면 담 밖에서 마당 안을 살펴보다가 안채에 할머니의 외출용 신발이 가지런히 놓여 있는 것을 본 순간, 무슨 사달이 났다고 직감했다고 한다—할머니는 쓰러진 채 이미 의식이 없는 상태였다.

병원에 모인 친척들 모두 할머니가 목욕을 마치고 물기를 제대로 닦지 않은 채 밖으로 나오다가 미끄러졌을 것이라고 짐작했다. 그렇게 생각한 건 신고를 받고 할머니를 병원으로 옮긴 119 구급대원도, 현장 조사를 위해 출동한 경찰도 마찬가지였다. 균형을 잃고 넘어지면서 벽에 머리를 세게 부딪쳤고, 그 충격으로 두개골이 함몰되었던 것이다. 다른 의심과 의혹을 제기하는 사람은 아무도 없었다. '매년 노인의 30퍼센트 낙상 사고' '주요 사망 원인 2위' 같은 수치화된 기사와 함께 할머니의 죽음은 안타깝지만 어쩔 수 없는 일로 받아들여지는 것 같았다.

모두가 굳게 닫힌 의사의 입술만을 예의 주시했다. 그가 어떤 결정을 내리느냐에 따라서 마치 이 상황이 달라질 수도 있는 것처럼. 그 짧은 순간에도 나의 머릿속 생각은 '결국……'과 '어쩌면……' 사이를 수없이 오고 갔다. 잠시 침묵을 지키던 의사는 갑자기 심정지가 일어났고 심폐소생술을 했지만 곧 임종할 것 같다고 알려주었다. 감정이 섞이지 않은 말투 때문인지 아주 보통의 일처럼 느껴졌다.

응급실은 한낮처럼 환했다. 밝은 조명 아래에서 가장 먼저 눈에 들어온 것은 파동 없이 잠잠한 모니터도 아니고, 두개골이 함몰되면서 못 알아볼 정도로 부어오른 할머니의 왼쪽 뺨도 아니었다. 각종 기계와 선을 부착하느라 아무렇게나 풀어해쳐진 할머니의 가슴이었다. 그렇게 가슴이 훤히 드러난 채로 의사는 사망 날짜와 시간을 선고했다. 나는 손으로 의사의 입을 틀어막고 싶은 충동을 느꼈다. 벗겨진 옷을 추스르고 시트를 정리하는 데는 단 몇 분이면 충분했다. 분명 할머니라면 이런 무방비한 상태로 마지막 순간을 맞이하고 싶지는 않았을 것이다.

*

단순 사고사로 처리하기 위해서는 경찰의 확인이 필요하다고 했다. 병원 로비에서 경찰이 올 때까지 기다리면서 사람들은 장례 절차에 대해 의논했다. 아직 죽음의 원인이 정확히 밝혀지기도 전에 그 이후의 문제들에 대해서 말하는 것이 이해가 되지 않았다. 왠지 할머니의 죽음에도 잘못 맞춰진 퍼즐 한 조각이 있을 것만 같았다. 하지만 다른 사람들은 더 이상 의심의 여지가 없다는 듯 장례를 삼일장으로 치를지, 화장터를 어디로 정할지, 공원묘지에 안치할 것인지 아니면 수목장으로 할 것인지를 결정하는 데 골몰했다. 물론 대부분의 결정은 집안의 유일한 아들인 삼촌의 뜻에 따랐다. 이모들은 당장의 슬픔만으로도 벅차다는 듯 골치 아픈 결정은 모두 삼촌에게 미뤘다.

"며칠 전에 성호를 봤어."

새벽 공기만큼이나 차갑게 얼어붙은 침묵을 깨고 셋째 이모가 말했다. 그 말에 삼촌과 이모들은 또 한 번 누군가의 임종 소식을 전해 듣기라도 한 듯 놀랐다. 뭔가 위험한 일이 닥쳤을 때처럼 불안하고 경계하는 눈빛이었다.

셋째 이모는 지하철역 입구에서 그를 봤다고 했다. 왜소증을 앓고 있는 그는 몸이 불편한 사람 행세를 하며 돈을 구걸하고 있었는데, 오랜 노숙 생활로 행색이 아주 형편없었다고 했다. 몸에서는 뭐라 표현할 수 없는 악취가 났고, 누구한테 맞았는지 얼굴이며 손이며 성한 곳이 없었다고. 차마 모른 척할 수 없었던 셋째 이모는 근처 아웃도어 매장으로 들어가 두

42

톰한 패딩 점퍼를 하나 사서 옆에 몰래 놔두고 도망치듯 그 자리를 떠났다고 했다.

"그냥 도망치면 어떡해. 신고를 했어야지."

엄마가 셋째 이모를 탓하듯 말했다.

"어떻게 신고를 해. 그래도 가족인데……."

범죄자라는 사실을 알고서도 신고하지 않으면 나중에 너까지 처벌받을 수 있다는 걸 모르느냐, 그리고 네가 제정신이면 그 짐승보다 못한 놈한테 패딩 점퍼까지 사다 바치는 게 말이 되느냐, 너는 정이 많다 못해 흘러넘쳐서 탈이다, 하는 쉴 새 없는 엄마의 공격에 셋째 이모는 괜한 말을 꺼냈다는 듯 입을 꾹 닫았다.

성호 아저씨라면 나도 기억하고 있었다. 머리가 내 어깨에 닿을 만큼 키가 작았고, 무슨 일을 하다가 다쳤는지 중지와 약지가 한 마디씩 잘려 있었다. 항상 술에 취해 있었는데, 우연히 길에서 우리 할머니를 만나면 "형수님, 형수님" 하고 치근덕거렸다. 그 모습을 보고 "할머니가 형수님이면 나는 뭐라고 불러야 해?" 하고 물었더니, 엄마는 촌수를 헤아릴 수도 없는 먼 친척이라고, 남보다 못한 사이니까 저 사람 근처에는 얼씬도 하지 말라고 나에게 단단히 일러두었다.

단순히 동네에 하나씩 있는 골칫덩이인 줄 알았던 그가 얼마나 난폭하고 위험한 존재인지 알게 되는 사건이 있었다. 중학교 1학년 여름, 휴가를 맞아 이모들과 삼촌 가족이 모두 할머니 집에 모이게 되었다. 출장을 다녀와 뒤늦게 출발한 아빠가 가로등도 없는 산길을 달리는데 하얗고 거대한 돼지 한 마리가 헤드라이트 불빛을 향해 달려들었던 것이다. 아빠는 그것을 피해 왼쪽으로 급히 핸들을 틀었고, 중앙분리대를 들이받고서야 차는 간신히 멈춰 섰다. 아빠는 아직도 그 일을 떠올릴 때마다 정말 돼지 같았다니까, 태어나서 그렇게 큰 돼지는 처음 봤어, 하고 무용담처럼 떠들었다.

하지만 아빠 차로 달려든 것은 돼지가 아니었다. 그건 몸에 천 조각 하나 걸치지 않은 사람이었다. 처음에는 서툰 낫질로 벌초를 한 것처럼 듬성듬성한 머리칼 때문에 여자인지 남자인지 구별하지 못했다. 출동한 경찰과 함께 인근 지구대에 갔을 때에야 그가 여자라는 것과 지속적으로 폭행을 당한 듯 온몸이 상처투성이였다는 것을 알았다. 그리고 또 한 가지, 여자는 어눌한 말투로 자신의 남자 친구 집에서 도망쳐 나오는 길이라고 말했는데 그 남자 친구가 바로 성호라는 사실도 알게 되었다.

"짐승 새끼가, 사람을 짐승 취급하다니……."

여자가 도망치지 못하도록 옷도 입히지 않고, 머리칼도 남자처럼 짧게 깎았다는 말을 전해 들은 동네 사람들은 그가 지

나갈 때마다 대놓고 침을 뱉었다. 그 후로도 동네에서 일어나는 크고 작은 사건들에 그의 이름이 오르내렸고, 그때마다 이모들과 삼촌은 그가 여전히 동네에 머물고 있다는 것을 못마땅해했다. 그리고 그와 제법 멀지 않은 촌수로 엮여 있다는 사실을 부정하고 싶어 했다. 그래서 어렸을 때는 그와 꽤 자주 어울려 놀기도 했다는 것을, 어릴 적부터 싸움을 잘했던 그가 때때로 자신들을 지켜주기도 했다는 것을 기억에서 지워버리고 언제 어떤 악영향을 끼칠지 모르는 위험인자라도 되는 것처럼 그를 멀리했다.

"진작 동네에서 쫓아냈어야 했어."

엄마는 성호라는 이름이 등장하고부터 줄곧 신경이 날카로워져 있었다.

"설마 그런 일까지 저지를 줄 알았겠어?"

"언제고 터질 일이 터진 것뿐이야. 동네 이미지를 위해서라도 이번 기회에 완전히 추방시켜버려야지."

셋째 이모의 말에도 엄마의 생각은 단호했다. 이번 기회라는 것이 무엇인지 나도 대충은 알고 있었다. 엄마는 그 일로 고향에 살고 있는 고등학교 동창과 전화 통화를 하면서 원래부터 그놈은 사람 새끼가 아니라 짐승 새끼였다니까, 라는 말을 몇 번이고 반복했다. 그리고 누가 엿듣기라도 할까 봐 조심하며 어떻게 몸도 못 가누는 노인한테 그런 짓을 할 수가 있니, 하고 목소리를 낮췄다.

엄마가 말한 노인은 오래 치매를 앓아오다가 얼마 전부터 는 기력이 쇠해져 거동조차 하지 못했다. 노인을 집에 혼자 두고 논에 다녀온 아들과 며느리는 노인의 방문을 열고는 기절할 뻔했다. 성호 아저씨가 하반신을 드러낸 채 노인의 몸 위에 올라타 있었던 것이다. 뭔가 뜻대로 되지 않는지 그는 이마에 땀까지 흘리며 쩔쩔매고 있었고, 노인은 충격 때문인지 실신하기 직전의 상태였다. 노인의 동공에서 초점이 사라지고 입에서 침 줄기가 흘러내리는 걸 본 아들은 이성을 잃고 낫을 찾기 위해 마당으로 나갔다. 성호 아저씨는 그 기회를 놓치지 않고 바지도 입지 않은 채 창문을 넘어 그대로 달아나버렸다. 그를 죽이겠다며 노인의 아들이 손에 낫을 들고 온 마을을 이 잡듯이 뒤지고 다녔지만 성호 아저씨는 이미 자취를 감춘 뒤였다.

"설마 그놈이 뻔뻔하게 장례식장에 낯짝을 보이는 건 아니겠지?"

엄마는 진심으로 걱정하고 있었다. 서울에 있다는 그가 이곳까지 찾아오기라도 할까 봐. 나는 일찍 엄마를 잃은 성호 아저씨가 할머니를 자신의 엄마처럼 따랐다는 사실이 떠올랐다. 그래서 일용직 노동자로 전국을 떠돌면서도 종종 할머니

집 마당에 외지에서 얻어 온 과자며 음료수를 떨어뜨려놓고 가곤 했었다는 것을.

"혹시 안다면 모를까. 그런데 그놈이 어떻게 알겠어."

삼촌의 말에도 엄마는 안심이 되지 않는지 주위를 계속 두리번거렸다. 혹시 병원 어딘가에 그와 비슷하게 생긴 사람이 있지 않은지 찾는 것 같았다. 나중에는 모르는 얼굴을 발견하고도 지나치게 긴장하곤 했다.

로비를 빠져나와 병원 밖으로 나왔다. 손끝에 닿는 새벽 공기가 차가웠다. 나는 시린 손을 펼치고, 임종 직전에 보았던 할머니의 손톱을 떠올렸다. 빛이 빠져나간 것처럼 손톱은 검푸르게 변해 있었다. 손톱 아랫부분에 또렷하게 박힌 반월도 더 이상 보이지 않았다. 할머니가 짐작한 것보다 삶은 더 쉽게 훼손당할 수 있는 것이라는 생각이 들었다. 자신의 삶을 지키려는 의지가 있느냐 없느냐가 아니라 누구에게나 공평하게 그 기회가 잠재되어 있는 것.

나는 전원을 꺼놓았던 핸드폰을 다시 켰다. 원장에게서는 메시지가 아니라 수십 장의 사진이 전송되어 있었다. 전부 나의 모습을 찍은 것이었다. 사진 속에서 나는 수업 시간 중 딴생각에 빠진 듯 창밖을 멍하니 쳐다보거나, 칠판 옆에 삐딱한 자세로 서서 집중을 못 하거나, 책상 아래에서 핸드폰으로 무

언가를 검색하거나, 학원 교재가 아닌 다른 책을 펼쳐놓고 있
었다. 실시간으로 도촬한 것처럼 나의 불성실한 순간이 모두
사진 속에 찍혀 있었다. 온갖 험한 말들로 협박을 하던 원장
은 이제는 다른 방식으로 나를 압박하려는 것 같았다.

'이 사진 다 어디서 난 거죠?'

이건 분명 선을 넘는 행동이었다. 나는 화가 난 원장에게
메시지를 보냈다. '당장 대답해주지 않으면 가만있지 않겠다'
라고도 했다. 물론 그는 결코 입을 열지 않을 것이었다. 그 대
신 학원에서의 나의 잘못된 행동뿐만 아니라 나의 사생활까
지 들춰내 온갖 약점을 찾아낼 것이 분명했다. 그리고 그 약
점들은 사실이냐 아니냐보다 얼마나 자극적이냐로만 판단될
것이었다. 그렇게 이번 일을 온전한 내 탓으로 만드는 것이
그에겐 불가능하지도, 그리 어렵지도 않다는 것을 나 역시 잘
알고 있었다.

나는 원장이 보내온 사진을 전부 삭제하려다가 뭔가 이상
한 점을 발견했다. 그것은 사진의 초점이었다. 핸드폰 카메라
의 초점이 나의 불성실한 태도를 포착하고 있는 것이 아니라
신체의 특정 부위에 맞춰져 있었다. 가슴과 엉덩이, 허벅지와
다리 그리고 옷 틈 사이로 노출되는 속옷 같은. 그것을 제외
한 나머지 부분들은 전부 배경에 지나지 않았다. 나는 그 사
진들의 제공자가 그 아이라는 것을 어렵지 않게 짐작할 수 있

었다. 일종의 놀이를 즐기듯 나의 신체 부위를 몰래 찍고, 친구들과 돌려 보며 성적인 농담을 나누거나, 상상 그 이상의 일들을 벌였을지도 모른다는 생각이 들었다.

단순히 나를 유희거리로밖에 여기지 않았다는 사실을 알게 되자 화가 나기보다는 갑자기 무력해졌다. 원장실에 끌려가서도 왜 목을 졸랐는지 모르겠다고 했던 그 아이의 말은 어쩌면 사실일 것이었다. 단지 그 순간 강렬한 충동을 느꼈고, 아무 거리낌 없이 그것을 행동으로 옮겼을 뿐. 그런 무차별함 앞에서 나는 지금 이전에도, 지금 이후로도 여전히 무력할 수밖에 없다는 생각이 들었다. 그러자 모든 전의가 사라지는 듯했다.

*

경찰이 찾아온 것은 한 시간쯤 지나서였다. 경찰은 담당 의사에게 사망 원인을 확인하고, 가족을 상대로 간단한 조사를 진행한 뒤 '단순 사고사'로 결론을 내렸다. 그는 최근 날씨가 갑자기 추워지면서 노인들의 낙상 사고가 많이 신고된다는 말로 다른 의혹이 생기는 것을 미리 차단하려는 것 같았다.

"그래도 혹시 모르니 사고 현장 사진을 보시겠어요?"

사건을 마무리하기 위해 삼촌과 선임 남자 경찰이 자리를 비운 사이, 함께 온 여자 경찰이 엄마와 이모들을 향해 물었다. 조용히 알리고 싶은 게 있는 듯했다. 새벽 시간이라 다행히 로비는 텅 비어 있었다. 여자 경찰은 가지고 있던 태블릿에 저장된 현장 사진을 보여주었다. 사망 사고가 아닌 환자가 의식이 있는 상태로 병원으로 이송될 경우에는 사진을 찍지 않는데, 뭔가 미심쩍은 부분이 있어서 자신이 따로 사진을 남겨놓았다고 했다. 사진에는 할머니가 의식을 잃고 쓰러진 모습이 찍혀 있었다. 파란 낯빛 때문인지 살아 있는 사람이 아니라 이미 죽은 사람의 얼굴 같았다. 엄마와 이모들은 사진을 보자마자 오열했다. 격해진 감정 때문에 사진을 자세히 들여다볼 엄두조차 내지 못했다.

"이 부분을 한번 보셔야 할 것 같아서요."

여자 경찰은 이런 상황에 익숙한 듯, 그들의 관심을 사진 속 한 부분에 집중시켰다. 그의 손가락은 정확히 할머니의 하체 부분을 가리키고 있었다. 단순한 실족사라는 경찰의 추측대로 막 샤워를 마치고 나온 듯 할머니는 옷을 제대로 입고 있지 않았다. 정확히 말하면 상의가 아닌 하의였다. 할머니의 속옷은 무릎 사이에 위태롭게 걸쳐져 있었다. 그 경계는 의혹과 의심을 불러일으켰다. 아니, 더 많은 경계를 생각하게 했다. 자의와 타의, 실수와 의도, 사고와 사건. 어느 쪽이든 절취선대로 자른 듯 명확하게 나눌 수 있는 문제가 아니라는 생각이 들었다.

"혹시…… 사고가 아닐 수도 있다는 얘긴가요?"

막내 이모가 충격을 받은 듯 여자 경찰에게 물었다.

"글쎄요. 정확한 사실을 알기 위해서는 부검을 해보는 수밖에 없어요."

"부검이요?"

"네, 그런데 가족의 동의 없이는 부검이 불가능합니다. 특히 단순 사고사로 처리되면요."

이모들은 할머니의 죽음보다도 지금의 상황을 더 받아들이기 힘들어하는 것처럼 보였다. 그냥 단순한 의심일 뿐이지 않은가. 증거라고는 무릎 사이에 걸쳐진 속옷 한 장밖에 없지 않은가. 괜한 의심 때문에 고인을 욕보여서는 안 되지 않는가. 그럼에도 완전히 무시할 수 없는 어떤 의혹 같은 것이 그들의 눈빛에서 보였다.

"최근 그 마을에서 유사한 사건이 일어나기도 해서요."

여자 경찰의 말에 그 의혹은 어떤 한 사람으로 구체화되었다. 성호. 엄마와 이모들은 성호라는 이름을 떠올리는 것만으로도 끔찍해했다. 그건 결코 일어날 수도 없고, 일어나서도 안 되는 일이었다. 하지만 동네 사람들 말처럼 그는 사람 새끼가 아니라 짐승 새끼가 아닌가. 이제야 발각됐을 뿐, 이전에도 똑같은 짓을 몇 번이나 더 저질렀을지 아무도 모르는 일이었다.

"잠깐 의논할 시간을 주세요."

자매들 중에서 가장 침착하고 신중한 편에 속하는 엄마가 말했다. 하지만 목소리가 떨리기는 마찬가지였다. 엄마는 자기들끼리 결정할 수 있는 문제가 아니라고 판단한 것 같았다. 태블릿을 가져가겠냐고 묻는 여자 경찰에게 엄마는 괜찮다고 말했다. 돌아가신 할머니를 위해서라도 다른 가족―특히 삼촌과 이모부들―에게는 사진을 절대 보여서는 안 된다고 생각한 것이다.

나는 혼란한 틈을 타 여자 경찰에게 태블릿을 한 번 더 보고 싶다고 부탁했다. 한 가지 확인해야 할 것이 있었다. 사진 한쪽에 찍힌 빛바랜 음료 상자. 오래전부터 그곳에 놓여 있던 정물처럼 누구의 시선도 끌지 못했지만, 왠지 나에게는 손톱에 낀 티끌처럼 이물감이 느껴졌다. 분명 라벨에 무궁화 무늬가 새겨진 비타민 음료는 지금은 단종되어 어디에서도 찾아보기 힘든 것이었다.

오랜 시간이 흘러 기억이 또렷하지는 않지만 나는 그런 비슷한 무늬의 라벨을 성호 아저씨의 집 창고에서 본 적이 있었다. 아빠 차로 달려든 여자가 자신의 소지품―대부분 성호 아저씨가 여자한테 선물한 것이 분명한 나비 모양 머리핀이나 큐빅이 박힌 보석함처럼 촌스럽고 조악하기 짝이 없는 것들이었다―을 가져다 달라고 부탁했고, 경찰서에서 조사를 받던 성호 아저씨를 대신해 경찰과 함께 그의 집에 갔었다. 동네에 남은 성호 아저씨의 유일한 혈연관계가 할머니밖에 없었고, 하필이면 여자가 아빠 차로 뛰어드는 바람에 일종의 책임 의식을 느끼고 있던 터였다.

엄마와 이모들은 어린 시절 이후로는 성호 아저씨의 집을 찾은 적이 없다고 했다. 그는 어릴 때 어머니를 잃었고 몇 해 전 아버지가 돌아가신 후부터는 줄곧 혼자서 지내고 있었다. 일자리를 구하지 못할 때는 고물을 팔아 생활하는 듯, 그가 동네를 돌아다니며 모은 잡동사니들이 마당과 창고에 한가득 쌓여 있었다. 덜 망가지고 더 망가지고의 차이만 있을 뿐 전부 쓸모를 다한 물건들이었다. 부서진 물건들 사이에서 유독 멀쩡한 것은 창고 한쪽을 채우고 있는 비타민 음료 상자였다. 어디서 훔쳤거나 아니면 일해주고 돈 대신 받았겠지. 제일 먼저 관심을 보이며 이리저리 살펴보던 엄마는 뭔가 께름칙하다는 듯이 음료 상자를 제자리에 내려놓았다.

나는 벽돌처럼 쌓아 올린 그것에서 사진 속 음료 상자의 라벨에 찍힌 무궁화 무늬를 본 것 같았다. 아니, 색이 바래서 그것이 무궁화인지 다른 꽃무늬인지 정확히 알 수 없었지만 왠지 그럴 것이라는 확신이 들었다. 그렇다면 이대로 진실을 묻어서는 안 되지 않을까.

나는 태블릿 속 할머니의 모습을 다시 보았다. 할머니라면 절대로 이렇게 무방비한 상태로 자신을 놓아두진 않을 것 같았다. 할머니에게 있어서 손톱은 단순히 열 손가락에만 존재하는 것이 아니었다. 그녀 주위에 있는 모든 것들이 티끌 없이 관리해야 하는 그 무엇이었다. 작은 흠집만으로도 쉽게 망가질 수 있다는 것을 할머니는 직감적으로 이미 알고 있었을 테니까.

*

이제 막 빈소가 차려진 장례식장은 썰렁했다. 아무 꽃 장식도 없이 빈소 한가운데에 할머니의 영정사진만 덩그러니 놓여 있었다. 나는 이런 단출함이 할머니의 마지막과 더 잘 어울린다고 생각했다. 울고, 소리 지르고, 몸부림치던 삼촌은 탈진 상태로 장례식장 한쪽에 기대앉아 있었다. 그는 빈소가 정해지고 이모들이 주위에 갑작스러운 부고를 전하는 동안에도 아무 말이 없었다.

그러나 내가 부검을 하는 것이 좋겠다고 말했을 때 가장 화를 낸 사람은 삼촌이었다. 병원에 도착한 이후로 줄곧 침착함을 잃지 않고 사고 처리와 장례 절차 등을 앞장서서 챙기던 삼촌은 완전히 이성을 잃은 듯 보였다. 뭐, 부검? 무슨 말 같지도 않은 소리야? 삼촌은 성호, 라는 이름이 나올 때마다 특정되지 않은 누군가를 향해 소리를 질렀다. 그 누군가가 지금 이곳에 없는 성호 아저씨일지도, 처음 의혹을 제기한 여자 경찰일지도, 어쩌면 나일지도 모른다고 생각했다.

"그 사람 같지 않은 새끼한테 엄마가 그런 일을 당했다는 게 말이 돼?"

처음 보는 삼촌의 흥분한 모습에 이모들은 입을 다물었다. 모두가 합의한 침묵 같았다. 또 발생할지 모르는 범죄를 막기 위해서라도 부검이 필요하다는 여자 경찰의 말을 삼촌은 완강히 거부했다. 그리고 일말의 가능성마저 차단하려는 듯 병원 문밖으로 그를 떠밀었다. 실랑이를 하다가 여자 경찰은 어깨를 유리문에 부딪혔고 손등에 생채기가 났다.

나는 어떻게든 삼촌을 설득하고 싶었다. 그건 할머니를 위한 것이기도 하지만 나를 위한 것이기도 했다. 이대로 이 일을 묻어서는 안 된다고 말하려고 나서는 내 팔을 엄마가 붙잡았다. 그녀의 눈빛은 단호했다. 이제 그만하라는 뜻이었다. 나는 그들이 절대 인정하지 않음으로써 모든 현실을 부정하고 싶어 한다는 것을 알았다. 그리고 그건 그들이 감당할 수 있는 유일한 선택 같았다.

나는 조문객 하나 없는 빈소를 빠져나왔다. 어쩐지 이 밤이 영원히 끝나지 않을 것 같다는 생각을 하며 주차장으로 향했다. 쉬지 않고 차를 몰면 원장이 출근하는 시간에 맞춰 학원에 도착할 수 있을 것이었다. 원장은 나를 보면 어떤 표정을 지을까. 항상 그래왔듯이 아무 일도 아니라는 듯, 아무 일도 일어나지 않았다는 듯 나를 대할지도 몰랐다. 결코, 라는 말이 입 속을 맴돌았다. 더 이상은 함부로이고 싶지 않았다. 창백한 달빛 아래, 나는 핸들 위에 손을 올렸다. 손톱 위에 이지러진 달이 떠 있었다.

스매싱의 완성

테니스 코트는 한여름의 모래사장처럼 뜨겁게 달궈지고 있었다. 남자가 그늘 한 점 없는 벤치에 앉은 지 한 시간째였다. 강한 태양 볕 아래에서 아무런 대비도 없이 견디는 건 불가능해 보였다. 성욱은 그 모습을 지켜보며 기온이 계속 오르면 사람도 액체처럼 녹아내리지 않을까 하는 엉뚱한 생각을 했다. 정말 눈앞에서 그런 일이 일어나기라도 하듯 머리숱 없는 남자의 정수리에선 땀이 물처럼 흘러내렸다.

하지만 정작 남자는 더위쯤은 아무렇지도 않다는 듯 테니스 시합에만 집중했다. 왕복운동을 하듯 공을 따라 고개를 오른쪽에서 왼쪽으로, 다시 왼쪽에서 오른쪽으로 바삐 움직였다. 공에서 눈을 떼는 유일한 순간은 물통을 흔들어 남은 물의 양을 확인할 때뿐이었다. 남자는 입술을 축이는 정도로만 물을 조금씩 아껴서 마셨다. 그런데도 얼마 전부터는 물이 다 떨어졌는지 아쉬운 듯 빈 물통만 흔들었다.

성욱은 자신이 테니스장에 펼쳐둔 파라솔 아래 앉아 있는 것이 아니라, 불볕더위가 쏟아지는 모래사장 한가운데 가릴 것도 없이 있는 듯한 착각이 들었다. 파라솔은 햇빛을 가려주기에는 역부족이었다. 빛은 빨강과 파랑이 배색된 파라솔을 그대로 투과해 들어왔다. 오히려 빛이 산란돼 눈이 부셨다. 갑자기 짜증이 솟구쳤다. 특히 새로 산 테니스 셔츠가 땀에 젖어 축축해지는 것이 마음에 들지 않았다. 자외선 차단과 땀 배출에 탁월한 기능성 옷이라고 했지만, 오늘처럼 폭염주의보까지 내려진 날씨에는 소용없었다. 애초에 이런 날에 야외 활동을 한다는 것 자체가 무모한 결정이었다는 생각이 들었다.

성욱은 눈을 찌푸린 채 코트 너머에 앉아 있는 남자를 줄곧 지켜보고 있었다. 이유 모를 불쾌함의 원인이 더위 때문인지 남자 때문인지 알 수 없었다. 하지만 불쾌한 시선에 포착되는 건 온통 불쾌한 것들뿐이었다. 갈증을 느낀 남자는 빈 물통을 흔드는 것도 모자라 이제는 혓바닥을 길게 빼고 물통에서 한 방울씩 떨어지는 물을 받아 마시고 있었다.

성욱은 그런 남자에게서 시선을 떼지 않고 컵에 아직 녹지 않고 남아 있는 얼음을 입에 넣고 깨물었다. 하지만 더위가 조금도 가시지 않는 기분이었다. 이런 날씨에는 물을 충분히 마시지 않으면 위험할 수도 있었다. 탈수증상으로 인해 현기증을 일으키거나 심하면 정신을 잃을 수도 있을 테니까. 아이스박스에는 얼음과 충분한 양의 물과 음료가 채워져 있었다. 하지만 성욱은 남자에게 시원한 물을 권하고 싶은 마음이 조금도 없었다. 더위와 갈증에 지친 그가 이제 그만 집으로 돌아가주기를, 자신의 시야 밖으로 완전히 사라져주기를 바랄 뿐이었다.

성욱은 처음부터 남자가 신경에 거슬렸다. 불쑥 나타난 그가 "잠깐 여기 앉아서 구경해도 될까요?" 하고 물었을 때도, "혹시 기회가 된다면 저도 한 게임 할 수 있을까요?" 하고 물었을 때도. 하지만 더욱 마음에 들지 않았던 것은 테니스 모임 멤버들의 태도였다. 그들은 낯선 사내를 경계의 눈빛으로 쳐다보면서도, 몸에 밴 친절로 "그럼요, 당연하죠" 하고 기꺼운 듯 반응했다. 물론 진심은 단 1퍼센트도 섞이지 않은 형식적인 친절이었다. 지금 그들은 남자가 눈에 전혀 보이지 않는 것처럼, 이곳에 나타난 적이 없는 것처럼 행동하고 있었다. 아직도 자신의 순서를 애타게 기다리고 있는 남자를 불편하게 여기고 있는 건 오직 성욱 혼자뿐이었다.

남자는 이곳에서부터 지하철로 열 정거장쯤 떨어진 지역에서 왔다고 했다. 테니스를 배우고 싶은데 집 근처에는 마땅히 연습할 곳이 없었고, 인터넷으로 인근에 있는 테니스장을 검색하다가 여기까지 오게 되었다고. 그는 아무도 궁금해하지 않는 이야기를 계속 늘어놓았다. 멀지 않은 곳에 이렇게 이국적인 마을이 있을 거라고는 상상도 하지 못했고, 특히 주택가 한가운데에 테니스장이 있으리라고는 더더욱 예상치 못했다고 말했다. 멤버 중 누군가가 "사람들은 이곳을 작은 프랑스라고 부르기도 하죠"라고 알려주었지만, 그 말이 남자에게 어떤 감흥을 불러일으키지는 않은 듯했다.

남자는 '작은 프랑스'라고 불리는 이곳에서 가장 이질적인 존재처럼 보였다. 이국적이고 고급스럽게 꾸며진 상점들과 주택가, 그에 못지않게 최대치의 세련됨으로 자신을 치장한 사람들 사이에서 남자는 유독 도드라져 보였다. 아마도 그의 차림새가 지극히 '평범'한 수준에도 미치지 못하기 때문일 것이었다. 자신을 위해서 낭비나 사치를 해본 적이 없는 사람의 옷차림. 특히 남자가 가지고 있는 테니스 라켓이 눈에 거슬렸다. 그것은 대형마트나 스포츠용품점에서 흔하게 볼 수 있는 저가의 테니스 라켓이었다. 그마저도 제대로 관리를 하지 않은 듯 헤드 표면의 칠이 벗겨지고, 그립에 감아놓은 테이프도 너저분하게 풀어져 있었다.

한눈에 보기에도 멤버들이 가지고 있는 라켓과는 디자인과 성능 그리고 가격 면에서 하늘과 땅 차이였다. 그들은 자신의 실력과는 상관없이 국내에서는 구하기 힘든, 세계적으로 유명한 테니스 선수들만 사용한다는 라켓을 직접 공수해 오거나 해외 구매 사이트에서 몇 달을 기다려 구하기도 했다. 그리고 한 달에 한 번 테니스 모임에 나와 새로 구입한 장비들을 자랑하기에 바빴다.

멤버들은 자신의 스펙을 자랑하듯 라켓의 스펙을 늘어놓았다. 전문가의 눈이 아니라면 전혀 가늠하기 어려운 라켓의 중량과 밸런스, 스트립의 탄성 등을 정확한 수치까지 외워가며 이야기했다. 정작 테니스에는 관심이 없고, 누구보다 완벽한 스펙의 장비를 갖추는 데에만 열을 올리고 있는 것처럼 보일 정도였다. 하지만 성욱은 그들이 가진 고가의 라켓과 남자가 가진 저가의 라켓의 스펙 차이를 조금도 실감하지 못했고, 파라솔 그늘 아래에 앉아 있는 자신과 태양 볕 아래에 앉아 있는 남자의 처지 차이를 조금도 실감하지 못했다.

경기는 흐름을 이어가지 못하고 가위로 자른 듯 뚝, 뚝 끊어졌다. 무더위에 의욕마저 녹아버린 것 같았다. 아까부터 한과 박은 서브 실패만을 반복하고 있었다. 서브 실패인 폴트에 폴트가 더해져 더블폴트가 되면 1점을 잃고 기회는 상대편으

로 넘어가게 된다. 하지만 실력 발휘를 제대로 못하기는 상대
역시 마찬가지였다. 힘과 방향 조절에 실패한 공은 네트를 터
치하거나 코트 밖으로 벗어나 아웃되기 일쑤였다. 간신히 서
브에 성공하여 랠리가 시작되더라도 득점으로 이어지진 않았
다. 적절한 공격 기회를 노리기는커녕 네트를 넘어온 공을 되
받아치기에 급급했다.

경기가 진행될수록 체력 소모가 심해지면서 자세가 점점
흐트러졌다. 당연하듯 실수가 많아졌다. 아주 손쉬운 공도 받
아치지 못했고, 손에서 라켓을 놓치는 어이없는 실수도 저질
렀다. 그들은 공평하게 1점씩을 잃었고 1점씩을 얻었다. 하지
만 모두 상대의 실책으로 얻은 점수였다. 시합하는 동안 파이
팅 넘치는 기합 소리 대신 짜증 섞인 한숨 소리만 들렸다.

어느덧 스코어는 막바지에 이르러 40 대 40이 되었다. 누군
가 연속으로 공격에 성공해 2점을 획득해야 한 게임을 가져
갈 수 있었지만 점수 차이는 좀처럼 벌어지지 않았다. 듀스,
밴티지. 또 듀스, 밴티지. 다시 또 듀스, 밴티지. 1점 차이로 앞
서거니 뒤서거니를 반복하며 시합은 따분하고 지지부진하게
이어졌다.

먼저 포기를 선언한 것은 한이었다. 항복하듯 머리 위로 라
켓을 번쩍 들어 올렸다. 그는 오늘따라 유독 지쳐 보였다. 보
름 동안 외국에서 열리는 학회에 참석하고 어젯밤에야 돌아

왔다고 했다. 그는 규모가 크지는 않지만 오랫동안 명성을 유지하고 있는 종합병원의 원장이었다. 한 대학병원에서 전문의 과정을 마치자마자 서른도 되지 않은 나이로 병원장의 자리에 올랐다. 그 병원은 50년 전 한의 할아버지가 문을 연 곳이었다. 한의 자부심은 젊은 나이에 일찍 병원장이 된 것이 아니라 자신이 3대째 의사 집안의 명맥을 이어오고 있다는 데 있었다. 그의 할아버지와 아버지 그리고 하나뿐인 여동생 모두 의사였다. 그리고 병원이 개원했을 당시의 모습을 그대로 유지하고 있다는 것도 그의 큰 자랑 중 하나였다. 그는 평소에 입버릇처럼 말하곤 했다. 무식하게 병원의 외양만 키우는 것은 근본 없는 천박한 장사꾼이나 하는 짓이라고.

그러고 보니 테니스 모임 멤버들이 가장 많이 사용하는 말이 '자격 미달'과 '수준 미달'이라는 데 생각이 미쳤다. 그들은 오직 자신을 제외하고는 세상의 모든 것이 미달의 영역에 속해 있다고 믿는 것처럼 보였다. 불완전하고 미완성된 것들로만 가득 채워져 있는 세계. 그리고 자신들은 그런 세계와는 전혀 다른 층위의 삶을 살고 있다고 믿어 의심치 않았다. 그래서 새로운 사람이 테니스 모임에 들어오고 싶어 하면 그들은 회원으로서의 '자격이 부족하다'거나 '수준이 떨어진다'라는 이유로 거절 의사를 밝히곤 했다. 정확히 알 수는 없지만, 그들이 말하는 자격과 수준에는 여러 가지가 포함된 것 같았다. 직업과 집안, 출신 학교처럼 비교적 가시적인 것에서부터 인성과 취향, 기호, 취미 같은 비가시적인 것까지 세세하게 고려했다. 그것은 저울처럼 무게를 잴 수 있는 것이 아닌데도 그들은 기준 미달인지 아닌지를 정확하게 가려내곤 했다.

정말 이 모임에 기준이라는 것이 존재하고, 성욱 역시 그 기준을 통과한 것이라면 이유는 단 하나, 자신이 대학교수이기 때문일 것이었다. 그렇지만 의사, 변호사, 대기업 팀장 등 화려한 스펙을 가진 다른 구성원과 비교한다면 여전히 의문이 남았다.

성욱은 한 대학교에서 프랑스어를 가르치고 있었다. 그것도 줄곧 시간강사 신세를 면하지 못하다가 정식 교수로 임명된 지는 3년도 채 되지 않았다. 아직 학교에서 제대로 자리를 잡지 못하고, 언제 밀려날지도 모르는 위태로운 처지에 놓인 자신이 어떻게 이 모임에 들어올 수 있었는지 궁금했다. 도대체 자신에게는 어떤 '자격'과 어떤 '수준'이 적용되었는지. 어쩌면 그것은 그들의 '취향'과 '기호'의 영역에 속해 있는지도 몰랐다. 그들이 골프 대신 하필 테니스를 선택한 것도 같은 이유일 것이었다. 골프는 어쩐지 속물적이고 천박한 사람들의 전유물처럼 느껴진다는 것, 그에 비해 테니스는 13세기 프랑스 왕실에서 즐겨 하던 '죄드폼(Jeu de paume)'이라는 놀이를 기원으로 하는 여러모로 건전한 스포츠라는 것.

성욱은 프랑스에서 유학을 마치고 돌아와 그 나라의 정취와 문화를 잊지 않기 위해서 감당하기 버거운 높은 집값에도 불구하고 이 마을에 자리를 잡았다. 매달 대출금 이자를 걱정해야 하고, 임대 계약 만료일을 신경 써야 하는 그의 눈에 테니스 모임 멤버들의 삶은 완전무결해 보였다. 티끌 하나 흠집 하나 없이 깨끗하고 매끄러운 표면을 가진 삶. 그렇지만 한편으로는 단단하고 차가웠다. 견고한 표면을 뚫고 그들의 내부에 들어가기란 결코 불가능한 것처럼 느껴졌다.

그래서 성욱은 더더욱 자신이 현재 처한 상황을 솔직하게 털어놓을 수가 없었다. 사실상 학교에서 퇴출된 것이나 마찬가지라는 사실도, 정규 수업에도 교수 회의에도 참석할 수 없다는 사실도. 그래도 그는 매일 학교에 출근하며 자신의 억울함을 항변하고 있었지만 그런 식의 버티기가 무슨 소용이 있는지는 성욱 스스로도 확신할 수 없었다.

성욱은 화가 났고 무엇보다 억울했다. 지금 겪고 있는 불운의 원인이 결코 자신에게 있지 않으며, 자신 역시도 피해자라는 사실을 학교 측에 알리고 싶었다. 유일한 잘못이라면 그가 평소보다 조금 더 욕심을 냈다는 것뿐이었다. 곧 있을 부교수 승진에서 동료나 후배 교수에게 밀리지 않기 위해 대학원 행사에서 학과장과 다른 교수들의 눈에 들기 위해 과도하게 애를 쓴 것이었다. 그것은 성욱 스스로도 몸에 맞지 않은 옷을 입은 것처럼 불편하고 어색하게 느껴지는 행동이었다. 그렇지만 주위 사람들로부터 '그렇게 고지식해서는 성공하기 어렵다'라는 말과 '너무 딱딱하게 굴지 말고 좀 더 유연해질 필요가 있다'라는 말을 자주 들어왔던 그로서는 부교수 승진뿐만 아니라 앞으로 있을 여러 가지 현실적인 일들에 대한 나름의 분투이기도 했다.

달라진 성욱의 모습에 주위 사람들의 반응 역시 나쁘지 않았다. 평소 성욱의 경직된 태도에 '건방지다'거나 소위 '싸가지 없다'고 느꼈던 교수들은 진작 이랬어야 한다며 차례로 잔에 술을 따라주었고, 성욱 역시도 그들의 기분을 맞추기 위해 잘 마시지도 못하면서 술잔을 받는 족족 단숨에 들이켰다. 흥분한 탓인지 취기는 쉽게 올랐다. 얼굴이 뜨겁게 달아오르는가 싶더니 어느 순간부터 눈앞이 빙빙 도는 것처럼 어지러웠다. 그러고는 모든 것이 아득해지는 느낌이 들었다. 술기운에 한껏 높아진 사람들의 목소리와 웃음소리, 그리고 잔을 부딪칠 때마다 건강을 기원하며 외치는 상떼(santé), 상떼(santé), 상떼(santé)라는 건배사. 식당 안을 떠돌던 온갖 소음이 조금씩 작아지다가 음소거 버튼을 누른 것처럼 완전히 사라졌다.

성욱은 다음 날이 되어서야 자신이 그 자리에서 정신을 잃었다는 것과, 기억에는 조금도 남아 있지 않지만 어떤 불미스러운 사건의 가해자로 지목되었다는 것을 알았다. 그 일들은 숙취가 채 가시기도 전에 한꺼번에 밀려들었다. 성욱은 머리가 깨질 것 같은 두통의 원인이 어제 그 사건 때문인지 아직 몸속에 남아 있는 알코올 성분 때문인지조차 헷갈렸다. 뭘까? 대체 무슨 일이 있었던 걸까? 지난밤 일을 다시 복기하려고 애를 써봤지만 기억은 상영이 끝난 극장의 스크린처럼 깜깜하기만 했다. 그 대신 미친 듯이 목이 말랐다. 커다란 기억의 공백을 채우려는 듯 지독한 갈증이 밀려올 뿐이었다.

성욱은 그때의 갈증이 다시 밀려오는 것 같았다. 하지만 컵 속의 얼음은 어느새 다 녹아 있었다. 아쉬운 대로 남은 물을 들이켰지만 마치 데운 것처럼 뜨뜻했다. 그건 아이스박스에 들어 있던 얼음과 음료도 마찬가지였다. 성욱은 당장이라도 테니스장을 벗어나고 싶었지만 어쩐지 그럴 수가 없었다.

위험 신호를 보내듯 보관 창고 한쪽에 달아놓은 온도계의 빨간 수은기둥이 빠르게 치솟았다. 눈금이 40도를 넘어서 45도에 가까워지고 있었다. 땅에서 올라오는 뜨거운 열기에 숨조차 쉬기 어려웠다. 머리 꼭대기에 높이 떠 있는 태양은 지상의 모든 것을 녹일 듯한 기세로 내리쬤다. 파라솔 아래 놓인 플라스틱 테이블과 의자는 물론이고, 테니스 코트 양쪽에 세워진 철로 된 기둥까지 엿가락처럼 휘어질 것만 같았

다. 아지랑이처럼 피어오르는 열기 때문에 저 멀리 있는 남자
의 모습도 신기루처럼 희미하게 일렁였다.

남자는 이제 정수리뿐만 아니라 온몸으로 땀을 흘리고 있
었다. 셔츠와 바지까지 땀에 흠뻑 젖어 남자 혼자만 비를 맞
고 있는 것처럼 보였다. 수분이 몽땅 땀으로 빠져나와 그의
몸에는 최소한의 수분조차 남아 있을 것 같지 않았다. 몸의
수분이 40퍼센트 이하로 줄어들면 목숨이 위험할 수도 있다
는 말이 갑자기 떠올라 성욱은 남자가 더욱 신경 쓰였다. 그
는 더 이상 버틸 기운이 없는 듯 테니스 라켓을 바닥에 거꾸
로 세운 채, 육각형 모양의 손잡이에 턱을 괴고 앉아 있었다.
수건으로 이마의 땀을 닦지도 않았고 물이 남아 있는지 물통
을 흔들어 확인해보지도 않았다. 그런데도 여전히 시선만큼
은 포물선을 그리며 네트 위를 지나고 있는 공의 궤적만을 좇
고 있었다.

다른 멤버들 역시 더위를 견디기 힘들어했다. 테니스 코트
에 잠깐 서 있었을 뿐인데도 불에 덴 것처럼 화들짝 놀라며
서둘러 시합을 끝내고 그늘로 찾아들었다. 그러고는 다급히
다음 사람에게 하이파이브를 건넸다. 몇 번의 시합이 지나고
마침내 성욱의 차례가 되었다. 파라솔 밖으로는 한 발자국도
나가고 싶지 않았지만 어쩔 수 없이 라켓을 손에 쥐고 자리에

서 일어났다. 핸드폰에서는 경고처럼 폭염주의보 문자가 쉬지 않고 계속 울려댔다. 성욱은 추위보다 더위를 더 잘 타는 체질로, 유독 여름을 못 견뎌 했다. 그렇더라도 이렇게 지독한 여름은 처음이었다. 바깥의 열기와 몸속의 열기가 더해져 체감온도가 끓는점을 웃돌 것만 같았다. 그는 당장 이곳을 벗어나고 싶은 충동을 간신히 억누르며 테니스 코트를 향해 한 걸음 한 걸음 내디뎠다.

코트에 들어선 성욱은 두 다리를 벌리고 서서 자세를 낮췄다. 그리고 어깨 근육을 풀기 위해 눈에 보이지 않는 가상의 공을 향해 라켓을 휘둘렀다. 라켓이 허공을 가를 때마다 뜨거운 공기가 훅, 하고 덤벼드는 것 같았다. 남자가 벤치에서 일어난 것은 바로 그때였다. 그는 현기증을 느끼는 듯 잠시 그 자리에 가만히 서 있다가 비틀거리는 걸음으로 성욱을 향해 걸어왔다.

가까이 다가온 남자는 한층 더 나이 들어 보이고, 한층 더 지쳐 보였다. 뜨거운 태양 볕에 빨갛게 익었을 줄만 알았던 남자의 얼굴은 추위에 떨다 온 사람처럼 창백했다. 입술도 파랗게 질려 있었다. 성욱은 남자의 상태가 걱정됐지만 다른 멤버들과 마찬가지로 애써 모른 척했다. 심한 갈증을 느끼는지 남자는 마른침을 힘겹게 삼키고는 "혹시 이번 시합이 끝난 후에 저도 한 게임 할 수 있을까요?" 하고 물었다. 그는 대답을 기다리지도 않고 여기까지 찾아오느라 무척 고생을 했고, 무엇보다도 자신은 꼭 스매싱을 멋지게 성공해보고 싶다고 말했다.

"TV에서 테니스 경기를 보는데 공을 코트 안쪽에 절묘하게 내리꽂는 스매싱이 그렇게 멋지고 통쾌할 수가 없더라고요."

남자는 스매싱을 멋지게 성공한 선수가 마치 자신이라도 되는 것처럼 기쁘게 웃었다. 하지만 그런 남자의 웃음이 성욱의 어떤 감정선을 잘못 건드렸는지 갑자기 화가 치밀어 올랐다. 그것은 분명 급작스러운 감정이었고, 정확한 이유조차 알 수 없는 분노였다. 어쩌면 폭염 때문에 불쾌지수가 높아졌기 때문일지도 모른다고, 정말 해도 해도 너무할 정도로 무더운 날씨 때문일지도 모른다고 생각하면서도 한번 화가 나기 시작하자 점점 걷잡을 수 없는 상태가 되었다. 병신. 더럽게 눈치 없는 병신 새끼. 그러니까 고작 이따위 취급이나 받는 거라고. 성욱은 정확히 누구를 겨냥한 말인지도 모를 말들을 속으로 중얼거리며, 남자를 코트 밖으로 밀어내듯 허공을 향해 라켓을 더 크게 휘둘렀다.

성욱은 준비 자세를 취하고는 라켓을 세게 움켜잡았다. 그러자 어깨에 저절로 힘이 들어갔다. 이번만큼은 제대로 이겨보고 싶다는 생각이 들었다. 그것이 테니스든 무엇이든 상관

없었다. 휘슬 소리에 맞춰 그는 서브를 하기 위해 공을 공중으로 높이 띄워 올리고는 라켓으로 힘껏 내리쳤다. 하지만 과도한 의욕이 문제였을까. 필요 이상으로 속도가 붙은 공은 코트를 넘어 그대로 아웃되고 말았다. 공을 세게 칠 때의 충격으로 어깨에 선뜩한 통증이 느껴졌다. 뜻대로 되지 않자 약이 올랐다. 다시 한번 공을 공중으로 띄워 올렸지만 이번에는 라켓이 공 근처에도 닿지 못하고 허공을 갈랐다. 성욱은 문득 공을 주고받는 이 단순한 행위조차 왠지 공평하지 않다고 느꼈다. 그리고 어느 것도 공평하지 않다는 생각이 들자 모든 시도마저 무의미하게 여겨졌다.

성욱은 지금 느끼는 극심한 갈증이 한 달 전부터 계속되고 있다는 것을 깨달았다. 그것은 물을 아무리 많이 마셔도 해소될 수 없는 그런 종류의 갈증이었다. 분명 어떤 오해가 있었고, 그 오해만 풀면 모든 게 간단히 해결될 거라고 생각했던 성욱은 자신의 이름으로 가득 채워진 대자보가 학교 곳곳에 도배된 것을 확인하고 나서야 뭔가 단단히 잘못되었다는 것을 알 수 있었다. 하지만 그 순간에도 그렇게 절망적이지는 않았다. 충분히 해결할 수 있는 문제라고 자신했기 때문이다. 대자보에 피해자로 등장하는 대학원생과는 겨우 얼굴 정도만 아는 사이였고, 따로 이야기를 나눠본 적은 더더욱 없었다. 아무리 술에 취했다고 하더라도 모르는 낯선 사람에게 추근거릴 수 있는 성격도, 주제도 되지 못한다는 것을 누구보다도 성욱 스스로가 잘 알고 있었다.

학교 전체에 소문이 퍼지고, 학생들의 수업 거부로 임시 휴강이 결정되었을 때도 성욱은 평소와 마찬가지로 학교에 출근해 수업 준비를 했다. 아직 성적 평가가 끝나지 않은 학생들의 리포트에 점수를 매겼고, 점심시간이 되면 교수 식당에 가서 설렁탕이나 비빔밥으로 끼니를 해결했다. 오히려 불편을 느끼는 것은 다른 이들이었다. 평소 알고 지내던 교수들은 식당에서 그를 만나면 어색하게 인사를 건넨 뒤 황급히 자리를 떴고, 일면식이 없는 교수들은 일부러 눈길을 피하며 그와 멀찍이 떨어진 곳에 자리를 잡고 앉았다. 그럴수록 성욱은 더 당당하게 행동했다. 섣불리 불안함과 초조함을 드러내는 건 곧 자신의 잘못을 인정하는 것이나 다름없기 때문이었다.

그리고 일과가 끝난 후에는 누명을 벗기 위해 최선의 노력을 다했다. 피해자인 대학원생의 연락처를 수소문했지만 연락이 닿지 않았다. 그래도 포기하지 않고 그날 술자리에 함께 있었던 교수와 대학원생들을 일일이 찾아다녔고, 모임을 했던 식당을 다시 찾아가 그 자리에서 보거나 들은 것이 없는지 묻고 또 물었다. 그리고 정신을 잃은 자신을 태웠다는 택시 기사를 찾기 위해 인근에 있는 택시 회사를 전부 뒤졌다. 하지만 그들은 대부분 대답하기를 꺼리거나 그날에 대해 조금도 기억하지 못했으며, 어떤 식으로든 이번 일에 관여하고 싶지 않아 했다.

마침내 성욱은 주저하듯 조심스럽게 털어놓은 누군가의 이야기에서, 그리고 양심에 가책을 느끼고 그를 찾아온 누군가의 고백에서 그날의 진실에 대해 알게 되었다. 그 대학원생은 오래전부터 학과장으로부터 성적 수치심을 느낄 만한 말과 행동을 지속적으로 당해왔고, 더 이상 참을 수 없다고 생각해 술기운을 빌려 그 자리에서 정식으로 사과를 요청했다고 했다. 하지만 훗날 벌어질 일들이 두려웠던 그녀가 다음 날부터 학교에 모습을 나타내지 않자 소문이 와전되며 성욱이 그 일의 가해자가 되었던 것이다.

모든 걸 알게 되었을 때 성욱은 자신이 처한 상황이 최악이 아닌 차악이라는 것에 오히려 다행이라는 생각이 들었다. 그 자리에 있었던 사람들을 찾아가 왜 아무 말도 하지 않았느냐고, 침묵이 암묵적인 동조와 다름없는 비겁한 행동이라는 걸 알고 있느냐고 따져 묻고 싶은 마음도 들지 않았다. 그런 건 그다지 중요한 문제가 아니었다. 오해가 생겼다는 것보단 오해를 벗을 수 있다는 가능성이, 학교에서의 위치가 위태로워졌다는 것보단 다시 안전해질 수 있다는 가능성이 더 중요했다. 성욱은 이제 그만 모든 것이 제자리로 돌아가길 바랄 뿐이었다. 그것이 가장 합리적으로 이 일을 해결하는 방식이라고 생각했다.

성욱은 이번 시합에서 무조건 이겨야겠다고 결심했다. 더 물러날 곳도 없고, 더 물러서서도 안 된다고. 때마침 상대가 탕, 하고 공을 높이 쳐 올렸다. 공은 공중으로 떠올라 포물선을 그리며 날아오고 있었다. 스매싱 공격을 하기에 아주 좋은 위치였다. 그는 이 기회를 놓치지 않기 위해 라켓 면이 하늘을 향하도록 자세를 취했다. 그리고 공의 궤적에서 한시도 시선을 떼지 않았다. 심장이 빠르게 뛰고 온몸의 근육이 팽팽하게 긴장되는 느낌이었다. 어쩌면 이번이 마지막 기회일지도 모른다는 생각이 들었다. 하지만 정면으로 쏟아지는 태양 빛 때문에 눈을 뜨기가 힘들었다. 현기증이 일어난 듯 잠깐 눈앞의 공이 흐릿하게 보였지만 더욱 정신을 집중했다. 공과의 거리가 가까워질수록 그립을 쥐고 있는 손에 힘이 실렸다.
스매싱 기술에서 가장 중요한 것은 정확한 호흡과 각도 유지였다. 그리고 아주 적절한 타이밍. 그래야만 공격에 성공할 수 있었다. 성욱은 아주 짧은 순간 생각했다. 자신이 날리는 스매싱이 과연 유효할 수 있는지, 아니면 이대로 아웃되고 말 것인지. 그리고 또 아주 짧은 순간 벤치에 앉아 있는 남자와 눈이 마주친 것도 같았다. 그는 더위 따위는 잊은 듯 잔뜩 기대하는 눈빛으로 성욱을 지켜보고 있었다. 왠지 그 눈빛이 불편하게 느껴져 얼른 시선을 공 쪽으로 향했다. 이제 공은 성욱의 머리 위에 높이 떠 있었다. 점프를 한다면 라켓에 닿을 수도 있는 거리였다. 타점의 위치를 머릿속으로 정한 다음 점프를 하기 위해 무릎을 한껏 낮췄다. 그러고는 마음속에 새기듯 다시 한번 중얼거렸다. 정확한 호흡과 각도, 그리고 적절한 타이밍!

성욱은 적절한 타이밍을 놓치지 않기 위해 소리 내어 하나 둘 셋, 하고 숫자를 셌다. 이상하게도 숫자를 세는 그 짧은 순간에 삶의 장면들이 하나둘씩 떠올랐다 사라졌다. 대부분 후회가 되는 순간들이었다. 실력이 부족했거나 최선을 다하지 못했거나 그런 노력의 유무와 상관없이 패배의 좌절을 겪어야만 했던 순간들. 그리고 라켓에 맞은 공처럼 어디로 향할지, 어떤 결과를 가져올지 가정할 수도 없는 기다림의 순간들. 성욱은 지금 자신이 그 막막함의 한가운데에 놓여 있다고 생각했다. 진실이 무엇이든 여전히 자신이 할 수 있는 일은 책으로 둘러싸인 좁은 연구실에 앉아 아직 일어나지 않은 무수한 일들에 대해 걱정하는 것밖에는 없었다. 그것은 벤치에 앉아 승패를 알 수 없는 테니스 경기를 하염없이 지켜보는 일과 다르지 않았다.

그 시간은 일 분 일 초가 초조하고 조급하기만 했다. 학과장의 공식적인 사과까지는 아니더라도 학생들에게 사건의 자초지종을 알리고 최대한 빨리 수업에 복귀하는 것이 당연하다고 생각했다. 하지만 학과장은 노골적으로 그를 피했고, 학교에서는 현재 상황을 파악 중이니 기다리라는 말만 반복할 뿐이었다. 도대체 더 파악할 상황이 어디 있느냐고, 애초부터 이번 사건은 자신과는 아무런 상관이 없다고 따져 물어도 소용없었다. 제발 그 대학원생과 삼자대면을 하게 해달라는 요청도 간단히 묵살되고 말았다. 그리고 모두 그를 모른 척하거나 외면하고 싶어 했다. 자신을 진심으로 위로하고 안타까워해주던 동료 교수들과도 연락이 되지 않았고, 학과 행사를 알려주던 조교에게도 전화 한 통 오지 않았다. 하지만 더 비참한 기분이 드는 건 뭔가 잘못되어가고 있다는 걸 알면서도 기다리는 것 말고는 달리 할 수 있는 게 없다는 것이었다. 어쩌면 사람들의 오해를 풀고 오명에서 벗어날 수 있는 기회조차 주어지지 않을지도 모른다는 생각에 더욱 불안했다.

셋까지 셌을 때, 마침내 공이 시야에 들어왔다. 성욱은 무릎 반동을 이용해 가능한 한 높이 점프를 했다. 최대한 타점을 높게 하기 위해 라켓을 든 팔을 길게 뻗었다. 그러고는 코트를 향해 내리꽂듯이 라켓으로 공을 힘껏 쳤다. 탕, 하는 소리와 함께 공이 라켓 면을 맞고 튕겨져 나가는 반동이 느껴졌다. 반동은 손목을 타고 어깨로 전해졌고 다시 심장에까지 찌르르한 자극이 느껴졌다. 성욱은 가쁜 숨을 몰아쉬느라 공이 라켓에 제대로 맞았는지, 방향은 정확했는지, 속도는 적당했는지 파악할 겨를조차 없었다. 공은 상대편 코트를 향해 빠른 속도로 날아갔다. 그리고 코트의 베이스라인 근처에 떨어졌다. 인 앤 아웃. 하지만 성욱의 자리에서는 공이 떨어진 위치를 정확히 확인할 수가 없었다. 자신의 스매싱 공격이 유효한지 유효하지 않은지.

도무지 더위는 누그러질 것 같지 않았다. 구름 한 점, 바람 한 점 없이 세상은 계속 뜨거워지고 있었다. 성욱은 또다시 목이 타들어가는 듯한 갈증을 느꼈지만 물을 마시고 싶지는 않았다. 공은 여전히 베이스라인 언저리에 놓여 있었다. 공이 떨어진 위치가 라인의 안인지, 바깥인지 신경 쓰고 있는 것은 오직 남자뿐이었다. 하지만 성욱에게는 결과는 더 이상 중요치 않았다. 한 광고 캠페인에서 봤던 문구가 갑자기 떠올랐기 때문이다. 당신의 두려움을 잊어버리고, 분노를 통제하려고 노력하십시오. 승리에 대해서. 패배에 대해서.* 어쩌면 그것이 진정으로 스매싱을 완성하는 방법일지도 모른다고 생각했다.
결과도 확인하지 않은 채, 성욱은 그대로 테니스 코트 밖으

---

* 세계 여자 테니스 협회의 2018 몬테레이 오픈 광고, 'It's about' 편에서 문구를 빌려 왔다.

로 걸어 나왔다. 그곳을 벗어나자 프랑스 마을에 온 것 같은 이국적인 풍경이 펼쳐졌다. 파리 샹젤리제 거리를 연상케 하는 노천카페와 레스토랑, 고딕 양식으로 지어진 듯한 건물과 거리에 줄지어 서 있는 화려한 모양의 가로등들. 성욱은 그 풍경 한가운데에 자신이 있다는 것만으로도 아직은 무사하다는 느낌을 받았다.

위해하는 마음

수선 언니와의 관계를 생각하자 부러진 나뭇가지가 떠올랐다. 내가 생각하는 친밀함이란 너무 가깝지도 너무 멀지도 않은, 적당한 마음의 거리를 지킴으로써 서로에게 불편함을 주지 않는 무해한 상태를 유지하는 것이었다. 그리고 어떤 식으로든 그 안전한 세계를 절대로 무너뜨리지 않는 견고한 마음을 갖는 것이었다.

그런 내가 누군가에게 먼저 전화를 걸어 곤란함을 토로하는 건 흔치 않은 일이었다. 용건은 언니가 잠시 맡기고 간 호프셀렘 화분에 문제가 생겼기 때문이다. 괜히 폐를 끼쳐서는 안 된다는 생각에 물을 자주 줘 과습이 되거나 방치해 말라 죽지 않도록 주의를 기울이고 광합성을 할 수 있도록 화분을 창가에 옮겨두었는데 며칠 전부터 잎에 이상한 물체가 보이기 시작했다. 아주 작고 까만 점들이 잎 뒷면에 달라붙어 있었고 심지어 움직이기까지 해서 징그러웠다.

식물이라고는 생일날 친구들에게 선물받은 조그만 다육식물을 길러본 것이 전부였고, 그마저도 몇 달 되지 않아 뿌리가 썩어 죽고 말았다. 그런데도 부탁을 거절하지 못한 건 수선 언니의 막무가내한 태도 때문이었다. 수선 언니는 사무실에서 키우던 호프셀렘 화분을 자신이 복귀할 때까지만 잠시만 맡아달라고 나에게 조르다시피 했다. 생장력이 강해서 제때 물을 주고 햇빛만 쏘여주면 되니 너처럼 식물에 무관심한 사람도 어렵지 않게 돌볼 수 있을 거라고. 어쩌면 나는 그 부탁을 들어줌으로써 모든 마음의 부담에서 벗어나고 싶었는지도 몰랐다.

구청 홈페이지 민원 게시판에 수선 언니의 부적절한 행위를 고발하는 익명의 투서가 올라오고, 사건의 진상이 밝혀질 때까지 당분간 업무에서 제외시키라는 정직 처분이 내려졌을 때 수선 언니는 끝까지 자신의 억울함을 주장했다. 하지만 정직 처분은 철회되지 않았다. 그건 동료들의 생각도 마찬가지였다. 수선 언니의 결백을 믿지 못했고, 어쩌면 완벽히 무고하지 않을지도 모른다고 의심하고 있었다.

나는 잎사귀 뒷면을 최대한 클로즈업해서 사진을 찍어 수

선 언니에게 보냈다. 그리고 화초에 벌레가 생긴 듯하니 살충
제를 써야 할 것 같다고 문자메시지를 썼다. 그냥 살충제를
뿌릴 수도 있었지만 주인에 대한 도리가 아닌 것 같았다.

수선 언니는 아무래도 잎사귀에 점점의 형태로 보이는 건
응애 같다고 했다. 진딧물, 깍지벌레, 뿌리파리처럼 실내에서
화초를 기르다 보면 흔히 생기는 벌레의 종류이고, 얼핏 작은
풀씨나 딸기씨 같지만 자세히 들여다보면 아주 작은 붉은색
거미라고 알려주었다. 잎사귀에 먼지가 내려앉은 것처럼 미
세한 거미줄도 퍼뜨린다고. 수선 언니는 응애는 살충제에 대
한 내성이 강해서 약으로는 쉽게 없앨 수 없으니, 미안하지만
호프셀렘 화분을 자신의 집으로 가져다 달라고 했다.

"우리 사이에 이 정도는 부탁해도 되지, 그렇지?"

나는 이번이 마지막이란 결심으로 호프셀렘 화분을 들고
버스에 올랐다. 혹시나 응애가 주위에 번지지는 않을까 싶어
화분을 커다란 비닐로 감싸고 화초가 숨을 쉴 수 있도록 군
데군데 작은 구멍을 뚫어놓았다. 응애라니. 갓 태어난 아이의
울음소리와 같은 이름의 해충이라니. 이름만 들으면 아무런
위해도 가하지 않을 것 같은 응애가 혹시 주위 사람들에게로
옮아가지는 않을까 버스를 타고 가는 내내 긴장해야 했다.

수선 언니의 집은 버스 정류장에서도 도보로 10분쯤 떨어

진 곳에 있었다. 화분이 크지는 않지만 그 안을 채우고 있는 흙의 무게 때문에 팔이 뻐근했다. 하지만 정말 화가 나는 건 또 쉽게 허용하고 말았다는 것이다. '우리'나 '우리 사이' 따위의 말로 묶을 수 있는 관계를 만드는 것, 그리고 번번이 귀찮은 일에 휩싸일 걸 알면서도 결국엔 관여하고 마는 것. 어쩌면 화분은 핑계일 뿐, 수선 언니의 진짜 목적은 자신의 억울함을 내가 증명해주길 바라는 것일지도 몰랐다. 그래서 더욱 어떤 일이든 어떤 식으로든 연루되고 싶지 않다는 마음이 컸다.

수선 언니는 누구에게든 친밀하게 굴었지만, 때론 그녀의 호의와 배려는 무례할 정도로 거침없었다. 9급 행정직인 내가 코로나19로 인해 생계가 어려워진 고령층을 대상으로 하는 긴급복지생계지원팀에 배정되었을 때, 나는 일부러 그녀를 멀리했었다. 특히 공짜 뮤지컬 티켓이 생겼다며 원하지 않는 공연에 억지로 끌려갔다가 코로나19에 감염되고 나서는 두 번 다시 그녀와 엮이지 않겠다고 결심했다.

팀에서 수선 언니와 내가 맡은 주된 업무는 생계지원금조차 스스로 신청할 능력이 없는 고령자들을 인터뷰해서 현재 생활수준을 파악하고 단계에 따라 지원금을 결정하는 일이었다. 인터뷰는 주로 전화로 이뤄졌지만 애초에 가능할 리가 없었다. 그들 대부분이 팔구십 세를 넘긴 고령이어서 제대로 된

의사소통조차 하기 어려웠다. 그들과의 대화는 공회전처럼 의미 없이 제자리를 맴돌 뿐이었다. 나는 "건강하시죠?" "식사는 하셨어요?"처럼 매일매일 그들의 안부를 묻는 것 이상의 진척을 내지 못했다.

다른 사람들도 사정이 다르지는 않았다. 인터뷰는커녕 기본적인 인적 사항조차 확인하지 못해 전전긍긍했다. 하지만 수선 언니만큼은 달랐다.

"할머니, 이름이 뭐야?"

"현석이?"

"아니, 아들 이름 말고 할머니 이름."

"어렸을 때 할머니 엄마가 할머니를 뭐라고 불렀냐고."

"말자? 할머니 이름이 말자야? 이름 이쁘네."

옆에서 수선 언니의 전화 내용을 듣는 내내 나는 얼굴이 화끈거려 고개를 들 수가 없었다. 그녀의 말투는 누구보다 다정했지만, 오히려 우월감에서 나오는 가식적인 친절처럼 느껴졌다. 나는 눈앞에서 자식이 자신의 부모를 향해 욕설을 퍼붓는 패륜의 장면을 목격하기라도 한 것처럼 충격을 받았다.

그런 수선 언니의 태도를 불편하게 느끼는 건 나뿐만이 아니었다. 어떤 문제든 매뉴얼대로 처리하는 것에 익숙한 이곳 사람들에게 그것은 단순히 낯섦을 넘어 결코 허용될 수 없는 방만에 가까웠다. 좀 더 격식을 갖춰 인터뷰를 진행해달라는 팀장의 에두른 지적에도 수선 언니의 태도는 조금도 달라지지 않았다. 오히려 무례함의 정도가 갈수록 지나쳐 노인들을 함부로 대하는 것처럼 보였다.

"할아버지, 할머니는 어디 갔어?"

"아, 노인정."

"할머니가 빨리 죽었으면 좋겠다고?"

"할머니가 나쁜 년이야. 왜 나쁜 년인데?"

"할아버지를 자꾸만 때린다고?"

"아픈 데를 때리고 또 때려?"

"어디가 아픈데?"

"폐지 수레를 밀다 넘어져서 다리를 다쳤다고."

"그럼, 자리에서 일어나봐!"

"제자리 걷기 할 수 있어?"

"한 발로 서 있는 건?"

"아파서 못 하겠다고? 할아버지 괜히 엄살 부리는 거 아니지."

그 뒤로도 한참을 "응, 뭐라고?" "안 들려. 다시 말해봐!" 이렇게 큰 소리로 통화하는 수선 언니를 나는 인내심을 가지고 지켜봐야 했다. 결국 참지 못하고 먼저 선을 넘은 건 팀 동료인 현진 씨였다. 팀 전체가 들어가 있는 메신저 단체방에서 공개적으로 수선 언니를 공격한 것이다. 통화 내용이 듣기에 너무 거북하고, 외부에 우리 모두가 그런 불손한 이미지로 비칠까 봐 걱정된다고. 하지만 나와 동료들은 약속이라도 한 듯이 침묵을 지킴으로써 누구의 편도 들지 않았다.

당장 단체방에서 한바탕 소동이 벌어질 줄 알았지만 의외로 수선 언니는 아무런 대꾸도 하지 않았다. 대신 나에게 개인적으로 메신저를 보내 "죄송한데, 오늘 퇴근하고 잠깐 시간 좀 내주실 수 있으세요?" 하고 물었다. 약속 있다고 핑계를 댈까, 그냥 싫다고 솔직하게 말할까 망설이다가 타이밍을 놓치고 말았다. 나는 네, 하고 짧게 답장을 보내고는 메신저 창을 닫았다.

커피숍에 마주 앉자마자 수선 언니는 자신의 억울함부터 토로했다.

"나는 가장 최선의 소통 방식을 택한 것뿐이에요."

"최선의 소통 방식이요?"

"네. 어르신들은 귀가 어둡기 때문에 말이 길어지면 잘 알아듣지 못하니까요. 특히 하셨어요, 하셨습니까, 하는 높임말은 더 그래요. 최대한 짧고, 정확하게 말해야 해요."

왜 갑자기 나한테 이런 변명을 늘어놓는 건지 당혹스러웠다. 정작 해명해야 할 당사자는 내가 아닌 현진 씨가 아닌가, 나를 제일 만만하다고 여기는 건가, 하는 생각이 들었지만 수선 언니의 말을 가로막지는 않았다. 대신 평소에 가졌던 나의 생각을 조심스럽게 꺼냈다.

"아무리 그래도 예의 없이 대하는 건……."

"들리지도 않는데 예의 있고 예의 없고가 뭐가 중요해요."

"……."

"어려운 말들을 줄줄이 늘어놓고, 잘 알아듣지 못한다고 답답해하는 게 훨씬 더 그분들을 존중하지 않는 거라고요."

수선 언니는 자신이 사회적 취약 계층에 있는 고령자들을 위한 복지 활동을 오랫동안 해왔고, 그런 경력을 인정받아 계약직으로 특별 채용된 것이라고 했다. 그러고는 친밀하게 지내는 동료와 티타임이라도 나누는 듯 그동안 자신이 활동하면서 겪었던 황당한 에피소드를 들려주었다.

"사실 나도 처음에는 어르신들을 어떻게 대해야 할지 몰라 엄청 고생했어요. 한번은 초기 치매 증상을 겪으시는 할머니 댁에 방문했는데 나를 보자마자 다짜고짜 농약을 사 오라고, 확 마시고 죽어버릴 거라고 하시더라고. 할머니, 죽는다니요. 도시에서 고생하는 자녀분들을 위해서라도 오래 사셔야지요. 아무리 설득해도 막무가내로 떼를 쓰는 탓에 당혹스럽기도 하고 화가 나기도 해서, 그래서는 안 되는 줄 알지만 가방에 있는 박카스 병을 꺼내 할머니 앞에 내밀었죠. 그랬더니 할머니가 어떻게 하셨는 줄 아세요?"

"어쩌셨는데요?"

"이 나쁜 년이 나를 죽이려고 한다고 내 등짝을 엄청 때리셨어요."

이 이야기를 듣고 놀라야 하는 건지 웃어야 하는 건지 몰라서 나는 무표정한 얼굴로 밍밍한 맛의 아이스티를 빨대로 쪽 빨아들였다.

"이왕 오해받은 거니까, 마지막으로 한 번 더 무례해도 될까요?"

내가 전혀 이해하지 못했다는 듯 수선 언니를 쳐다보자, 그녀가 커다란 이목구비로 시원스레 웃었다.

"우리 둘만 있을 때 나를 수선 언니라고 부르면 어때요? 나는 정화라고 부를게요."

수선 언니의 집은 오래전에 지어진 복도식 아파트였다. 호수의 맨 끝자리가 오름차순으로 정렬돼 있는 집들을 지나쳐 1309호로 향했다. 아직도 이런 구식 아파트가 남아 있었나 하고 놀라다가, 그래도 내 원룸형 빌라보다는 훨씬 더 집다운 집의 형태를 갖추고 있다는 데 생각이 미쳤다. 빨래 널어놓을 공간조차 없어서 매번 번거롭게 코인세탁소 건조기를 이용해야 하는 나와 달리, 수선 언니는 집에 베란다가 있어서 미니 화단도 만들었다고 자랑한 적이 있었다.

"정화야, 찾아오느라 고생했지?"

"아니, 괜찮아. 언니."

여전히 언니라는 말이 익숙하지 않아서 얼버무리듯 말하고는 현관 안으로 들어섰다. 수선 언니는 제대로 인사도 나누지 않고 내 손에서 빼앗듯 화분을 가져갔다. 요 앞 슈퍼마켓에서 급하게 산 두루마리 휴지는 본체만체해서 거실 한쪽에 조용히 내려놓았다. 수선 언니의 집은 혼잡해 보였지만 나름의 질서와 규칙을 가진 듯했다. 모든 물건들이 한 사람의 생활 패턴과 동선에 맞춰 정리돼 있었다. 가령 간단한 세안은 부엌에서 해결하는지 세면도구와 칫솔이 싱크대 한쪽에 자리해 있었고, 베란다에서 독서를 자주 즐기는지 3단 책장이 미니 화단 한편에 놓여 있었다.

수선 언니는 물 한잔 내놓지도 않고 화분을 들고 곧장 베란다로 향했다. 그러고는 조심스레 호프셀렘을 감싼 비닐을 벗겨냈다. 숙제 검사를 받는 것처럼 괜히 긴장이 됐다. 다행히 화초는 줄기가 꺾이거나 잎사귀가 다친 곳 없이 멀쩡했다. 그녀는 평평한 곳에 신문지를 여러 겹 깔고 그 위에 호프셀렘 화분을 올려놓은 뒤, 동그란 플라스틱 통을 열어 그 안에 든 흙을 화분에 뿌렸다. 어느 한쪽에만 치우치지 않도록 손가락으로 흙을 조금씩만 집어 골고루 흩뿌렸다.

"지금 뿌린 건 거름이야?"

"아니, 응애."

살충제를 살포한다면 모를까, 응애가 섞인 흙을 뿌린다는 것이 도무지 이해가 되지 않았다. 자기의 곤란한 처지를 외면하고 있는 나에게 소심한 복수를 하는 것일까, 그래서 일부러 무거운 화분을 들고 회사에서 버스로 한 시간 거리에 있는 자신의 집까지 오게 한 것일까, 하고 마음이 뾰족해졌다. 나는 화분에 뿌린 응애가 몸으로 옮아온 듯 머리끝부터 발끝까지 온통 간지러운 것 같았다.

"이건 그냥 응애가 아니라 천적 응애야."

수선 언니는 너 같은 식맹(植盲)은 모르겠지만 해충이라고 모두 해로운 것만은 아니라고 했다. 마찬가지로 응애에도 두 가지 종류가 있었다. 바늘 같은 뾰족한 입으로 식물의 액즙을 빨아 먹어 잎과 줄기를 마르게 하는 해로운 응애도 있으나, 사막이리응애나 마일즈응애처럼 식물에 피해를 주는 응애를 먹이로 하는 천적 응애도 존재했다. 지금 화분에 뿌린 건 그런 천적 응애라고 했다.

나는 그 말을 듣고 호프셀렘 화분을 자세히 살펴보았다. 거뭇거뭇한 작은 점들이 확연히 눈에 띄게 많아졌다. 아니, 흙 표면이 온통 응애로 채워진 것처럼 바글바글했다. 쉼 없이 움직이는 작은 점들을 지켜보고 있자니 온몸에 소름이 돋는 것 같았다. 나는 목덜미와 팔뚝을 연신 긁어대며 계속 관찰했지만 어떤 것이 나쁜 응애인지, 좋은 응애인지 구별되지 않았다. 그저 내 눈에는 모두 다 똑같은 응애로밖에는 보이지 않았다. 그래서 나는 수선 언니에게 이 둘을 어떻게 구분하느냐고 물었다.

"외관상으로는 절대로 구분할 수 없어."

수선 언니는 단호하게 말했다. 어떤 게 천적 응애인지 아닌지 구별하기 어렵다고. 그걸 알아내려면 충분한 시간이 필요하다고. 그러기 위해서는 오랫동안 지켜보는 인내심을 요한다고 했다. 식물을 해롭게 하는 응애를 모두 잡아먹고, 더 이상 잡아먹을 응애가 남지 않아 천적 응애가 굶어 죽게 되어서 스스로 사멸할 때까지는 최소한 6개월 이상 걸린다고 알려주었다.

"그럴 바에야 차라리 살충제를 뿌리는 게 더 낫지 않을까."

"아니, 그러면 응애를 잡으려다 결국 식물까지 죽이고 마는 꼴인걸."

나는 화분 속 응애를 보면서 최소한 어떤 징후 같은 것이 있지 않을까, 하고 생각했다. 식물이나 동물을 좋아하는 사람 대부분 선할 것이라고 믿는 것처럼. 나는 수선 언니에 관해 떠도는 소문이 과연 사실인지 궁금해졌다. 이전에 일했던 단체에서 수선 언니가 혼자 사는 할아버지의 통장에 손을 댄 사실이 발각돼—물론 언니는 심부름을 해줬을 뿐이라고 끝까지 인정하지 않았지만—쫓겨났다는 것이 정말인지, 그 사실을 숨기고 계약직 사원으로 채용된 것이 정말인지. 나에게 유독 살갑게 구는 수선 언니의 존재가 무해한지 유해한지조차 잘 모르겠는 심정이었다.

수선 언니는 냉장고에서 시원한 캔 맥주를 두 개 가져와 내게 묻지도 않고 그중 하나를 건넸다. 왠지 베란다는 물론이고 거실과 집 안 곳곳에 응애가 번졌을 것 같아 께름칙한 기분이 들었지만 나는 묵묵히 맥주를 마셨다. 화분을 들고 여기까지 걸어온 탓인지 유독 맥주가 시원하게 느껴졌다.

"사실 나 게시판에 누가 글 올렸는지 알고 있었어."

나 역시 어느 정도 짐작하고 있었지만 괜한 오해를 받고 싶지 않아 놀라는 척했다. 게시판에 올라온 사건은 언제든 일어날 수 있는 일종의 해프닝 같은 것이었다. 수선 언니의 도움으로 생각지도 못했던 생계지원금을 매달 20만 원씩 받게 된 할아버지 한 분이 양복 차림에 베레모까지 챙겨 쓰고 언니를 찾아온 것이었다. 그는 수선 언니에게 허리까지 숙이며 거듭 고맙다는 인사를 하고, 양복 안주머니에서 판형 초콜릿 하나를 꺼내 언니에게 건넸다. 괜찮아요, 마음만으로 충분해요, 라고 사양하는 언니의 손에 초콜릿을 쥐여주다시피 하고 그는 홀연히 사라졌다.

"수선 씨, 이달의 친절 으뜸이로 뽑히는 거 아니야?"

부러움의 시선을 한 몸에 받고 있을 때, 그 문제의 사건이 일어났다. 동료 하나가 선물은 작은 거라도 함께 나눠야 하는 법이라며 수선 언니의 손에서 초콜릿을 빼앗아 포장을 뜯었다. 그런데 초콜릿 겉 포장지 안쪽에서 반듯하게 반으로 접힌 5만 원권 지폐 네 장이 나왔던 것이다. 정확히 앞으로 할아버지가 받게 될 한 달 치 생계지원금이었다. 동료는 절대로 손대지 말아야 할 위험한 물건이라도 되는 듯 그것을 손에서 떨어뜨렸다.

바닥에 떨어진 초콜릿과 돈을 쳐다만 볼 뿐 누구도 선뜻 다가서지 못했다. 이상한 분위기를 감지한 수선 언니가 자신은 절대로 모르는 일이라고, 거기에 뭐가 들었는지 전혀 짐작하지 못했다고 말했다. 돈은 꼭 돌려드릴 거라는 언니의 약속에 우리는 그제야 안심하고 각자의 자리로 돌아갔다. 그때까지만 해도 그 일은 단순한 해프닝, 그것도 메신저로 몰래 주고받는 잡담의 소갯거리조차 되지 못할 만큼 시시한 사건에 지나지 않았다.

하지만 다음 날 홈페이지 게시판에 익명의 투서가 올라오면서 이 일은 온갖 의심의 꼬리표를 달고 증폭되기 시작했다. 글에는 어제 초콜릿에 돈이 들어 있었던 것은 결코 우연이 아니며, 이전에 근무했던 곳에서도 이런 식으로 대가성 돈과 물품을 계속 받아왔다고 적혀 있었다. 노인들과 특별히 친밀한 관계를 유지하고, 가끔씩 거동이 불편한 노인들의 집을 직접 방문한 것도 모두 의도를 가진 계획된 행동이었다는 것이다. 그리고 글 마지막에는 '심지어 계약직 사원'이라는 말이 방점을 찍듯이 강조돼 있었다.

그 글이 올라온 다음부터 동료들은 자신의 기억력을 최대한 동원해 그런 미심쩍은 순간들을 찾아내기에 바빴다. 메신저에 수선 언니를 제외한 단체방이 만들어지고 그곳에 각자의 목격담들이 앞다투어 올라오기 시작했다. 어르신들이 방문할 때면 가끔씩 손에 들려 있던 비타민 음료 박스나 떡이나 양갱 따위가 들어 있던 검정색 비닐봉지, 그리고 사탕과 젤리 따위를 건네던 순간들이. 하지만 곧 누군가 뱉은 말에 그런 수고로움이 모두 시시해져버렸다. 그래봤자 고작 얼마나 되겠냐고. 아이들 코 묻은 용돈에도 못 미치는 액수가 아니겠느냐고, 하는.

하지만 한순간에 분위기를 반전시킨 것은 현진 씨였다. 그녀는 중요한 건 금액의 적고 많음이 아니라 부도덕한 행위 그 자체라고 말했다. 이번 일로 인해서 우리 모두 불필요한 의심을 받게 될 것이고, 조직 전체가 오명을 쓰게 될지도 모른다는 것이었다. 이번엔 동료들도 침묵하지만은 않았다. 누군가 정말 오해이면 어쩌느냐고 묻자 그녀는 조금도 물러서지 않고 말했다. 설령 그렇더라도 언제 또 말썽을 일으킬지 모르니 이번 기회에 화근을 확실히 잘라내야 한다고. 그런 사람들이 한두 명씩 들어와 물을 흐려놓고 가면 어차피 책임지는 건 결국 우리가 아니냐는 말에는 누구도 반박하지 못했다.

수선 언니는 캔에 담긴 맥주를 한 번에 들이켜고는 비장한 얼굴로 말했다.

"이대로는 억울해서 가만히 못 있겠어."

언니는 아무런 근거도 없이 자신을 비방하는 글을 올린 사람을 정식으로 고소할 생각이라고 했다. 그리고 사이버수사대에 의뢰해 IP도 추적할 예정이라고. 그래도 안 되면 언론사에 제보 글을 보낼 각오까지 되어 있다고 했다. 이건 명백한 허위 사실 유포이고, 명예 훼손이며, 만약 이번 일로 도리어 자신이 불이익을 받게 된다면 계약직에 대한 차별적 처우가 아니겠느냐고 말이다.

"만약 그렇게 된다면, 너는 내 편이 되어줄 거지? 그렇지?"

수선 언니가 진심으로 나를 자신의 편이라고 믿고 있는지 궁금했다. 어떤 단서로, 어떤 증거로 그렇게 믿는지도. 실은 내가 수선 언니를 갑자기 잎사귀에 생겨난 응애만큼이나 불편한 존재로 느끼고 있다는 것을, 그리고 수선 언니의 서류 실수로 명단에 올라 있던 몇몇 사람이 생계지원금 대상자에서 누락된 증거를 내가 따로 보관하고 있다는 것을 짐작조차 하지 못하는 것 같았다. 수선 언니의 진짜 천적은 현진 씨가 아니라 내가 될 수도 있다는 사실 역시 말이다.

마음에도 일종의 표식 같은 것이 있다면 덜 혼란스러울 수 있을까. 나는 수선 언니의 아파트를 나서며 식별되지 않는 마음에 대해서 생각했다.

"위해(慰解)와 위해(危害)는 발음은 같지만 완전히 정반대의 뜻을 가지고 있어. 하지만 나는 그 상반된 단어가 왠지 하나로 연결되어서 읽혀. 누군가를 위로하고 마음을 베풀어주는 것은 때때로 위험할 수도 있다는 의미로."

그 말을 나에게 해준 사람은 하얀 선배였다. 그녀는 첫 발령을 받고 배치된 부서에서 만난 나의 첫 번째 사수였다. 그녀를 처음 만난 자리에서 피부색이 유난히 하얘서 부모님이 하얀이라고 이름 지었느냐고 물었을 정도로 눈처럼 투명한 피부를 가지고 있었다. 하얀 선배는 업무 스킬은 물론이고 회사에서 지켜야 할 세세한 에티켓까지 모두 알려주었다. 회식 자리에서 상석이 어디인지, 상사와 엘리베이터를 함께 탔을 때는 어느 위치에 서야 하는지, 외부 손님과 명함을 주고받을 때는 어느 타이밍에 건네야 하는지 등등. 나는 어미 닭의 행동을 모방하는 병아리처럼 그녀를 따라 했다.

"너, 피아식별이 뭔지 알아?"

근무를 마치고 근처 이탈리안 레스토랑에서 함께 파스타를 먹고 있을 때 하얀 선배가 물었다.

"피아식별?"

"응, 군사 용어인데 전쟁에서 특정 암호나 기호로 아군과 적군을 구별한다는 뜻이야."

"선배, 군대 다녀왔어요? 갑자기 웬 군사 용어?"

나의 우스갯소리에도 그녀는 짐짓 진지한 표정이었다.

"그게 아니라 사회생활에서도 피아식별이 꼭 필요하다는 말이야. 특히 너하고 나처럼 힘없고 약한 일꾼 벌레들한테는."

하얀 선배는 손에 들고 있던 포크를 접시 옆에 내려놓고는 내 얼굴을 한참 동안 뚫어지게 쳐다봤다. 내가 어리둥절한 얼굴을 하자 몰라도 너무 몰라 큰일이다, 하고 말하고는 걱정스러운 표정을 내비쳤다.

"회사 생활도 전쟁에 나간 것과 똑같아. 한편으로는 더욱 어렵기도 하지. 왜냐하면 전쟁에서는 군모나 팔뚝에 색이 다른 띠를 둘러 아군인지 적군이지 확실히 구별하지만 회사에서는 그러지 않거든. 모두가 똑같이 친절이라는 사회적 가면을 쓰고 있기 때문에 피아식별 자체가 어려워."

"그럼, 어떻게 해야 하는데?"

"그러니까 그 사람의 마음이 진심인지 아닌지 확인할 수 있는 '표식' 같은 것을 찾아내야지."

"선배는 그런 표식을 찾았어요?"

하얀 선배는 대답 대신 네 번째 손가락에 끼워진 작은 다이아가 박힌 반지를 내보였다. 그러고는 조심스럽게 비밀을 털어놓았다. 사실은 재무과의 최현석 주사가 자신의 남자 친구이며, 지금 한 이야기도 모두 그가 자신에게 들려준 것이라고 했다. 사내연애를 좋지 않게 보는 부정적인 시선 때문에 아직은 밝힐 수 없지만, 자신은 진정한 아군을 만날 수 있어서 행운이라고 말했다.

하얀 선배의 반지를 보며 나는 복잡한 심경이 들었다. 왜냐하면 나 역시 똑같은 사람으로부터 어떤 표식 같은 걸 받았기 때문이었다. 물론 다이아 반지 같은 대단한 것은 아니지만 미슐랭에 선정된 레스토랑에서 함께 저녁 식사를 하자는 일종의 데이트 신청이었다. 나는 하얀 선배를 위해서라도 솔직해져야 한다고 생각했다. 그것이 나를 아껴준 하얀 선배를 진심으로 위하는 것이라고.

하지만 내 말을 들은 하얀 선배는 한순간에 싸늘해졌다.

"넌 호의와 호감도 구별할 줄 모르니. 그냥 솔직히 부러우면 부럽다고 말해. 괜히 이상한 말로 그 사람 오해하게 만들지 말고."

하얀 선배가 말한 그 사람이 아군이 아니라 적군이었다는 것이, 그래서 피아식별에 철저히 실패하고 말았다는 것이 밝혀지기까지는 그리 오래 걸리지 않았다. 나의 말을 듣고 남자 친구를 의심하기 시작한 하얀 선배는 그의 일거수일투족을 감시했고, 결국 그에게 자신처럼 다이아 반지를 건네며 결혼을 약속한 또 다른 여자 친구가 있으며 그 여자 외에도 수많은 여자들의 호감을 사기 위해서 값비싼 저녁을 사고 온갖 선물을 가져다 바쳤다는 사실을 알게 되었다.

엄청난 이별의 후유증에 시달릴 줄 알았던 하얀 선배는 의외로 담담한 모습이었다. 그녀는 남자 친구의 추악한 행태를 고발하는 이메일을 여자 직원들 전체에게 발송하고는 다음 날 휴직계를 제출했다. 하얀 선배는 모든 전의를 상실한 모습으로 사무실을 떠나며, 나에게 업무에 관련된 팁을 정리해놓은 노트와 멀리 재래시장까지 가서 구해왔다는 팔토시와 기분이 우울할 때 마시면 좋은 허브티를 선물했다.

"이제 와 생각해보니까 네 말을 믿지 않았던 게 아니라, 네 말을 믿고 싶지 않았던 것 같아. 미안해."

마지막으로 하얀 선배를 배웅하면서 나는 마음속으로 생각했다. 전쟁에 나간 군인들도 위기의 순간에는 식별 오류를 일으킨다고, 그런 잘못된 선택을 하게 되는 건 결국 믿고 싶어 하는 절박한 마음 때문일지도 모른다고. 그러니 더 단단한 마음을 가져야겠다고 나는 결심했다.

수선 언니의 아파트에 다녀온 후로 나는 언니에게 더 이상 연락하지 않았다. 그리고 담담히 해야 할 일들을 해냈다. 어르신들과의 인터뷰를 계속하고, 거기에 합당한 자료를 작성하고, 윗선에 보고했다. 그러는 동안에도 수선 언니에게서는 계속 전화와 문자메시지가 왔다. 자신을 음해하는 글을 올린 현진 씨를 정식으로 고소했고, 그 외에 자신이 할 수 있는 모든 대응을 다 할 생각이라고 했다. 혹시라도 그때 증인이 필요하다면 네가 나서줄 수 있겠냐고도 했다. 네가 꼭 필요해. 너는 내 편이니까 도와줄 수 있지? 하지만 나는 아무 대답도 하지 않음으로써 긍정도 부정도 하지 않았다.

나와 연락이 되지 않자 조급해진 언니는 나와 현진 씨 사이를 이간질하기 시작했다. 현진 씨가 나에 대해서 늘어놓았다는, 굳이 알 필요도 없고 알아서도 안 되는 험담들을 전달했다. 횡설수설 길게 이어진 문자메시지에서 툭툭 불거져 나오는 무능, 한심, 나태, 이기적, 무책임 같은 단어들을 발견하고도 모른 척했다. 처음에는 나를 자극하려던 말들이 언제부턴가 공격적으로 느껴졌다. 나는 정작 상처를 주고 있는 것이 현진 씨인지 수선 언니인지 헷갈렸지만 신경 쓰지 않기 위해 노력했다. 그런 생각들이 틈입할 수 없도록 더 분주하게 일상을 이어갔다.

호프셀렘 화분이 놓여 있던 자리에는 산세비에리아 화분

이 놓여졌다. 하지만 물을 주고 광합성을 시키는 것은 더 이상 내 몫이 아니었다. 이제는 수선 언니를 대신해 들어온 선아 씨의 일이었다. 그녀는 평소에도 식물을 길러보고 싶었는데 자신이 사는 곳은 베란다도 딸려 있지 않은 다섯 평짜리 원룸이라서 엄두조차 내본 적이 없다고 했다. 그렇다고 화분을 등에 업고서 키울 수는 없지 않겠냐고 말하고는 수줍게 웃었다. 그런데 회사에서 뜻밖에 로망 실현을 하게 될 줄 몰랐다며 그녀는 화초에 정성스레 물을 주고, 튜브형 영양제도 꽂아두었다.

그리고 얼마 뒤, 아침에 출근을 해보니 현진 씨가 보이지 않았다. 짐을 모두 뺀 것처럼 자리도 깨끗했다. 옆 동료에게 무슨 일이냐고 물었더니 수선 언니에게 고소당한 일로 정직 처분을 받았다고 했다. 이 사건이 해결될 때까지 두 사람 모두에게 공평한 처분이 내려진 것이었다. 현진 씨 역시 자신에게 주어진 징계에 대해 억울해하고 있다고 했다. 자신은 감춰질 뻔한 진실을 밝혔을 뿐, 결코 거짓을 말한 적은 한 번도 없다고. 그리고 두 사람이 홈페이지 게시판에 서로를 비난하고 공격하는 글을 번갈아 올리는 바람에 게시판이 임시 폐쇄됐다고 했다.

그 말을 듣고 나는 수선 언니의 집에서 봤던 호프셀렘 화분을 떠올렸다. 흙 표면에 해로운 응애와 천적 응애가 한데 뒤

섞여 바글거리던 모습을. 그 두 가지 종류의 응애 중 어떤 것이 천적 응애인지 아닌지 구별해낼 자신은 없었지만, 한 가지만은 확신할 수 있었다. 둘을 굳이 구별해낼 필요가 없다는 것. 절대로 인내심을 가지고 그 지난한 과정을 지켜봐주지 않으리라는 것. 가장 중요한 것은 문제의 원인을 단번에 없애버리고 최대한 빨리 정상의 상태를 되찾는 것이라는 생각이 들었다.

생각에 빠져 있는데, 갑자기 선아 씨가 비명을 질렀다. 무슨 일인가 싶어 뒤를 돌아보니 그녀가 산세비에리아 화분을 쳐다보며 난감한 표정을 짓고 있었다. 왠지 무슨 문제인지 알 것 같아서 가까이 다가갔다. 그녀는 나를 보자마자 잎사귀에 벌레가 생긴 것 같다며 우는 표정을 지었다. 아무래도 자신이 영양제를 너무 많이 준 것이 문제 같다고 했다. 나는 이번에는 호프셀렘에서 응애를 처음 발견했을 때처럼 놀라지 않았다. 자세히 들여다보니 응애와는 생김새가 완전히 달랐다. 처음 보는 하얀 솜뭉치 같은 작은 벌레들이 잎사귀와 줄기 위를 부지런히 오르내리고 있었다.

"벌레가 생기면 식물이 죽는 게 아닐까요?"

나는 너무 친절하지도, 그렇다고 불친절하지도 않은 적절한 거리를 유지하기 위해 애쓰며 대답했다.

"살충제를 사다 뿌리면 괜찮을 거예요."

"그러다 식물까지 죽게 되면요?"

나는 선아 씨에게 어떤 위해하는 마음은 오히려 위해할 수
도 있다는 말을 하려다 그만두었다. 그녀는 금방 다녀오겠다
고 말하고는, 근처 잡화점에서 스프레이형 살충제를 사가지
고 왔다. 뒷면에 적힌 주의사항을 따라서 마스크로 코와 입을
가리고 50센티미터 정도 떨어진 거리에서 살충제를 뿌렸다.
미세한 액체 입자가 사방에 분사되었다. 나는 살충제 앞에 적
힌 완전 박멸이라는 두 글자에서 한동안 눈을 떼지 않았다.

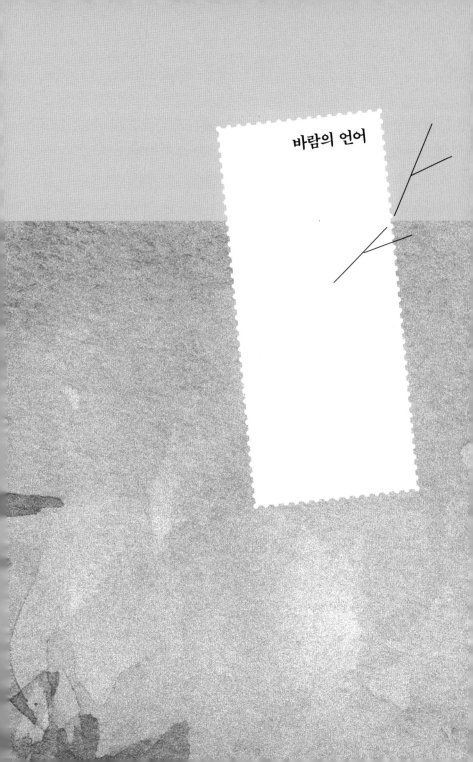

바람의 언어

어떤 징후도 없었다. 거실 천장에 매달린 산호수 이파리의 미세한 떨림도, 땅이 뒤흔들리는 작은 진동도, 건물이 무너지면서 내는 요란한 소리도 결코 없었다. 여자는 그저 깜빡 잠이 들었다고만 생각했다. 평소였다면 지금쯤 멍하니 소파에 앉아 남은 하루를 어떻게 보내야 할지 막막해하고 있었을 것이다. 그러다 기신기신 일어나 세탁기를 돌리고 곧 현실성 없는 상상에 빠져들었을 터였다. 잠시 마트에 들렀다가 교통사고를 당해 목이 부러진다거나, 택배기사로 위장한 강도의 칼에 복부가 찔린다거나, 전기 합선이나 가스 폭발 같은 화재로 온몸이 새까맣게 그을린다거나 하는 것 말이다. 그러니까, 지금의 상황은 필요 이상으로 예민한 여자가 지루한 오후 시간

을 달래기 위해 만들어낸 수백 가지의 끔찍한 상상 속에 포함
되어 있지 않았다.

여자가 눈을 뜬 곳은 거대한 시멘트 벽 아래였다. 좁은 공
간을 가득 메운 매캐한 먼지가 사정없이 콧속으로 밀려 들어
왔다. 여자는 기침을 하듯 참았던 숨을 한꺼번에 토해냈다.
숨을 쉴 때마다 목구멍 안에서 모래 같은 것이 서걱거렸다.
게다가 주위는 온통 어둡고, 춥고, 고요했다. 어디선가 한 줄
기 빛이 흘러들고 있었지만 곧 사라질 것처럼 희미했다. 꿈일
지도 모른다고 생각하며 손을 뻗어 어둠 속을 더듬었다. 손끝
에 거칠거칠한 감촉이 느껴졌다. 시멘트 벽이었다. 벽과 얼굴
사이의 간격은 불과 30센티미터 남짓, 여자는 그제야 뭔가 단
단히 잘못되었다는 것을 깨달았다.

차라리 세상이 무너져 내렸으면! 평소 수없이 중얼거리던
혼잣말이 현실이 된 것인지. 여자는 바닥과 쓰러진 벽체 사이
에 샌드위치처럼 끼여 있는 자신의 몸을 내려다봤다. 점점 사
그라지는 빛 속에서 몸의 실루엣이 어렴풋이 드러났다. 터질
듯 쿵쾅거리는 심장 부위와 그에 반해 무겁게 늘어져 있는 두
팔과 빳빳하게 경직되어 있는 두 다리를 차례차례 눈으로 살
폈다. 그러곤 벽 틈 사이에 놓인 두 발이 보이지 않아 고개를
살짝 들어 올렸다. 아랫배가 쿡쿡 조이고 등허리가 욱신거리
며 가슴까지 둔탁한 통증이 올라왔다. 혹시 어딘가 짓뭉개진

건 아닌지 무릎을 좌우로 흔들고 발가락을 위아래로 움직여
보았다. 다행히 크게 다친 것 같진 않았다. 조심스럽게 왼쪽
으로 꺾여 있던 다리를 바로 펴자 시멘트 가루가 후두둑 떨어
져 내렸다.

　숨을 깊게 들이마셨다. 여자는 심호흡을 하며 흥분된 마음
을 가라앉혔다. 이 모든 게 현실이라면 일단 이곳에서 빠져나
가는 게 우선이었다. 그런데 어떻게? 무슨 방법으로? 여자는
소리를 질러 자신의 위치를 알려야겠다고 생각했다. 누구 없
어요? 여기 사람이 갇혔어요! 제발 도와주세요! 하지만 이상
하게도 말이 한데 뭉쳐 '어'나 '으어' 정도의 단음절로만 겨우
한 번씩 터져 나왔다. 얼굴이 벌겋게 달아오르도록 있는 힘
껏 소리를 내질러보았다. 그럴수록 도로 삼켜진 말들이 목구
멍에 가득 들어차 숨이 막혔다. 목에 걸린 가느다란 목걸이가
숨통을 조이는 것 같았다. 여자는 귀찮게 거치적거리는 목걸
이를 손으로 잡아당겼다. 결혼기념일에 남편에게 선물 받은
펜던트 목걸이는 한 손으로도 쉽게 끊어졌다.
　다급해진 여자는 두 발을 한데 모아 있는 힘껏 벽을 밀쳤
다. 발이 벽에 닿을 때마다 사방에서 모래 가루가 떨어져 내
렸다. 가루가 입으로 코로 들어와 발작적으로 기침이 났다.
그래도 멈추지 않고 계속 같은 동작을 반복했다. 발바닥에 감

각이 사라질 때까지 밀쳤는데도 벽은 조금도 움직이지 않았다. 아니, 오히려 점점 여자에게로 내려앉는 것 같았다. 이대로 완전히 벽에 깔리기라도 한다면, 하는 생각만으로도 뒷머리가 선뜩했다.

여자는 치켜들었던 다리를 내려놓았다. 이마에 솟은 땀이 식으며 체온이 급격히 떨어졌다. 아래턱이 사정없이 덜컥거리며 부딪쳤다. 아무래도 스스로의 힘으로 이곳을 빠져나가는 것은 무리 같았다. 여자는 생각을 바꿔 구조대가 올 때까지 기다리기로 했다. 가능한 한 몸을 작게 움츠린 채 숨조차 크게 쉬지 않았다.

그런 한편, 머릿속으로는 계속 시간을 셌다. 10분, 20분, 30분. 하지만 체감된 시간일 뿐 실제로 시간이 얼마나 흘렀는지 알 수 없었다. 그렇게 한참이 지났지만 사방은 지나치게 조용했다. 무엇 때문인지 혼란에 빠진 사람들의 웅성거림도 다급히 울리는 사이렌 소리도 들려오지 않았다. 여자는 어쩌면 자신이 짐작하고 있는 것보다 훨씬 더 심각하고 끔찍한 상황에 놓여 있을지도 모른다고 생각했다.

그러자 진정되었던 호흡이 다시 빨라졌다. 불규칙한 호흡 때문에 가슴에 둔탁한 통증이 느껴졌다. 가슴을 손으로 쓸어내리다 항상 손에서 놓지 않다시피 하던 핸드폰에 생각이 미쳤다. 왜 진작 핸드폰을 떠올리지 못한 거지? 여자는 급히 바지 주머니를 뒤졌다. 하지만 주머니엔 모래만 한 움큼 들어 있을 뿐이었다. 아무래도 건물이 무너지면서 어딘가에 떨어뜨린 것 같았다. 혹시나, 하고 최대한 멀리 팔을 뻗어 보이지 않는 곳을 더듬어보았다. 모래와 시멘트 덩어리, 비닐 조각, 뭔지 모를 이물질들이 손에 잡혔다.

　손끝에 진득한 액체도 만져졌다. 도대체 뭘까, 생각하며 손을 얼굴 앞으로 가까이 가져갔다. 비릿한 냄새가 훅 코에 스쳤다. 피였다. 여자는 순간 눈앞이 아찔했다. 재빨리 몸을 만져 다친 곳을 찾기 시작했다. 특별히 통증이 느껴지는 곳은 없었다. 머리 뒤, 어깨, 팔꿈치를 차례로 더듬어가던 손이 갑자기 멈췄다. 피는 오른쪽 옆구리에서 새어 나오고 있었다.

　그로 인해 남편이 떠오른 건 생각지도 못한 일이었다. 평소였다면 119나 경찰, 지방에 혼자 살고 있는 엄마를 먼저 떠올렸을 것이다. 어쨌든 여자는 지금 남편이 어디에 있을지 궁금했다. 퇴근을 하고 집으로 향하던 중 터널 한가운데에 멈춰 선 지하철에 꼼짝없이 갇혀 있는지, 아니면 시내 중심가에 있는 사무실이나 자주 들르는 근처 커피숍 아래에 자신처럼 파묻혀 있는지. 여자는 거대한 벽에 눌려 고통스러워하고 있을 남편의 모습을 떠올려보았다. 이상하게도 안타까운 마음은 들지 않았다. 여자는 오히려 더한 상상을 했다. 잔뜩 일그러진 얼굴로 혀를 길게 빼문 채 숨을 헐떡이고 있는 남편을 떠올리고는, 블록 쌓기 게임을 하듯 남편의 몸 위에 벽돌을 쌓기 시작했던 것이다.

남편의 입에서 헉, 하는 신음이 튀어나왔다. 겁먹은 듯한 그의 눈동자가 초점을 잃고 흔들렸다. 여자는 왠지 그 모습이 마음에 들었다. 미소를 지으며 벽돌 위에 또 다른 벽돌을 올리고 또 올렸다. 순식간에 벽돌이 높게 쌓였다. 남편의 얼굴도 점점 더 일그러졌다. 그가 고함을 치며 몸을 마구 뒤틀어댔다. 쌓인 벽돌이 균형을 잃고 한쪽으로 기울었다. 기우뚱한 모양새가 금방이라도 쓰러질 것 같았다. 하지만 여자는 거기서 멈추지 않았다. 남편의 몸은 무게를 견디지 못하고 점점 납작해졌다. 결국 종잇장처럼 얄팍해진 것인지 바닥 속으로 눌려 들어간 것인지 눈앞에서 사라져버렸다.

여자는 그쯤에서 상상을 멈췄다. 더 이상의 상상을 떨쳐버리기 위해 고개를 내둘렀다. 평소 남편에 대한 자신의 감정이 무관심에 가깝다고 생각했었는데 언제부터 이토록 무서운 적의를 품고 있었는지, 어떻게 이런 상황에서까지 남편을 해하는 상상을 할 수 있는 건지. 여자는 미처 깨닫지 못한 자신의 감정 상태에 스스로 놀랐다.

사실 남편에겐 큰 잘못이 없었다. 조금 무뚝뚝하긴 해도 가장으로서의 역할엔 충실했다. 남편은 일본계 무역회사에

10년째 다니고 있었다. 대리, 과장을 거쳐 지난해 차장으로 진급했고 2년간 일본 본사로 파견 근무를 다녀오기도 했다. 부동산이나 주식 등 재테크에도 관심이 많아 월급 외에도 생기는 수입이 꽤 많았다. 덕분에 별 어려움 없이 20평대에서 30평대 아파트로 넓혔고, 도시 외곽에 작은 상가 건물 한 채도 마련할 수 있었다. 남편은 경제적 여유가 생기자 삶의 여유도 챙겼다. 틈나는 대로 헬스와 자전거를 즐겼다. 주말에는 필드에 나가 골프도 쳤다. 단지 여자가 무슨 말을 하면 귀찮아할 뿐이었다.

따지고 보면 더 큰 문제는 여자에게 있었다. 간절히 원하던 아이가 생기지 않자 언제부턴지 하루하루가 견딜 수 없이 갑갑했다. 때문에 여자는 설거지나 요리를 하다가도 가끔씩 견고한 바닥을 향해 접시를 힘껏 내던지곤 했다. 접시는 사방으로 파편을 튀기며 산산조각 났다. 여자는 그걸 즐겼다. 반들반들한 대리석 바닥 위에 접시 조각들이 마구 흩어져 있는 걸 보면 조금이나마 숨통이 트였다.

그래도 갑갑함이 가시지 않으면 위험한 상상 속으로 자신을 몰아넣곤 했다. 나른한 오후, 남편의 숨겨둔 여자가 갑자기 집을 방문한다거나, 부주의한 틈을 타 집 안으로 침입한 이에게 목숨의 위협을 당한다거나, 가스레인지에서 옮겨붙은 불이 사방으로 번진다거나, 어떤 강렬한 충동에 이끌려 베란다 밖으로 몸을 훌쩍 날려버리는 것 같은. 그건 대부분 견고한 일상을 단번에 부숴버리는 상상들이었다.

사그락사그락, 하고 모래 쏟아지는 소리가 들렸다. 조금씩 벽에 균열이 생기고 있다는 증거였다. 균열은 거미줄처럼 퍼져 나가 벽을 약하게 만들고, 결국엔 무너져 여자의 몸을 덮칠 것이었다. 여자는 불안한 생각을 지우듯 머리를 세게 내흔들었다. 그러자 꼬리뼈 부위에서 뭔가 툭, 하고 끊어지는 듯한 느낌이 들면서 날카로운 물체로 찌르는 것 같은 통증이 일었다. 손을 허리 아래로 밀어 넣었다. 손등으로 통증 부위를 조심스레 쓰다듬자 상처가 만져졌다. 상처에서는 아직도 피가 흐르고 있었다. 피에 젖은 티셔츠가 살갗에 엉겨 붙어 잘 떨어지지 않았다. 상처는 깊은 듯했다. 손바닥으로 지그시 누르자 거센 통증이 심장을 움켜쥐는 것 같았다. 이대로 피가 멈추지 않는다면? 끝내 구조대가 도착하지 않는다면? 여자는 불길한 생각에 사로잡혀 두 눈을 질끈 감았다.

그랬는데, 감은 눈 위로 한 줄기 빛이 어른거렸다. 여자는 천천히 눈을 떴다. 주위를 살펴 빛이 스며드는 곳을 찾았다. 빛은 머리 위쪽에 난 좁은 틈새로 들어오고 있었다. 여자는 그곳을 향해 손을 뻗었다. 아슬아슬하게 손끝이 닿지 않았다. 안타까움에 아, 하는 소리가 저절로 튀어나왔다. 그래도 가만히 있을 수는 없었다. 도대체 무슨 일이 벌어졌는지, 구조대는 언제쯤 도착하는지 알아야 했다. 여자는 벌어진 틈새에 시선을 고정했다. 눈을 가늘게 뜨고 한동안 그대로 멈춰 있었다. 딱 그만큼의 하늘이 보였다. 하늘은 구름 한 점 없는 연회색이었다. 그 사이로 희뿌옇게 먼지가 날리는 것 같았다. 그렇다면 깊이 파묻히지는 않았다는 거였다. 그나마 다행이라는 안도감이 들었다.

어쨌든 하늘의 상태로 봐선 집중호우나 돌풍 같은 기상이변이 원인은 아닌 것 같았다. 부실 공사로 인한 아파트 붕괴? 갑자기 바닥에 커다란 구멍이 생기는 싱크홀? 이제껏 한 번도 경험해보지 못한 높은 강도의 지진? 그러나 아무리 생각해봐도 아직까지 구조대가 도착하지 않는 이유를 알 수가 없었다. 이 지역 일대가 전부, 아니 지구 전체가 무너져 내렸다면 또 모를까. 어쩌면 자신이 지구상에 남은 유일한 생존자가 아닐까, 하는 엉뚱한 생각마저 들었다. 여기서 빠져나가면 황량한 폐허만이 끝없이 펼쳐져 있을 것 같았다.

다시 한번 눈을 질끈 감았다. 그때, 복잡한 생각 사이로 낯선 소리 하나가 끼어들었다. 여자는 숨을 멈추고 그 소리에 귀를 기울였다. 사람들의 말소리도, 구조대의 도착을 알리는 사이렌 소리도 아니었다. 그것은 멀리서 불어오는 바람 소리 같았다. 좁은 공간 속에서 잔뜩 예민해진 청각을 일깨우는 그 소리는 한동안 계속해서 들려왔다. 휘익, 휘익, 휘이익. 여러 번 반복될수록 여자는 그것이 바람 소리가 아니라는 것을 깨달았다. 누군가의 입술에서 만들어진 휘파람 소리였다.

여자는 소리의 방향과 거리를 가늠하기 위해 신경을 곤두세웠다. 휘파람 소리는 아주 멀리서 희미하게 들려왔다. 귀에 익은 멜로디나 일정한 리듬조차 가지지 않았다. 마치 동글동글한 소리의 덩어리들이 바람의 세기에 따라 이리저리 휩쓸리며 흔들리는 것 같았다. 어쨌든 여자는 가능한 한 소리를 오래 붙잡아두기 위해 노력했다. 하지만 소리는 귀에 닿는 순간 흩어져버렸다. 이명조차 남기지 않았다. 그리고 딱 그만큼만 반복해 들려왔다. 어디서, 누가, 왜 부는 것인지, 아무런 단서를 주지 않았다. 여자는 안타까웠다. 조금만 더 크게, 길게 불어주었으면, 하고 간절하게 속으로 외쳐보기도 했다. 소용없었다. 들릴락 말락 거기까지였다. 그래도 곧 기운을 냈다. 나 혼자 있는 게 아니구나. 살아 있는 누군가가 또 있었구나. 그 사실만으로도 여자의 거칠던 호흡이 차분해졌다.

여자는 입술을 동그랗게 말았다. 그 사이로 바람을 불어넣어보았다. 숨이 차올라 밭은기침이 터져 나왔다. 기침을 할 때마다 옆구리에서 피가 왈칵왈칵 솟는 것 같았다. 다급히 손으로 상처를 틀어막았다. 그리고 다시 휘파람을 불어보았다.

옆구리의 통증 때문에 힘이 실리지 않았다. 쉬이, 하고 바람 빠지는 소리만 났다. 얼마 지나지 않아 입 안에 침이 마르고 입술의 감각도 무뎌졌다.

그렇게 잘 되지 않는 휘파람을 계속 불며 언젠가 TV에서 보았던 다큐멘터리를 떠올렸다. '휘파람 언어'를 사용했다는 부족에 관한 이야기였다. 첫 장면은 아프리카 서사하라 서쪽 카나리아제도의 라고메라섬을 멀리서부터 점점 클로즈업한 풍경이었다. 깎아지른 듯 솟아오른 수백 개의 불규칙한 협곡들이 원형으로 뻗어가는 모양으로 이루어진 섬이었다. 때문에 섬은 하나의 커다란 바퀴처럼 보였다. 협곡을 타고 치솟는 거친 파도, 기기한 모양의 암석, 그리고 섬을 뒤덮고 있는 녹색의 식물들. 여자의 머릿속으로 광활한 대서양의 풍광이 고스란히 되살아났다. 여자는 눈을 감고 장면 하나를 그려 보았다.

구릿빛 피부에 회색 눈동자의 라고메라 부족 하나가 협곡을 오르고 있다. 나이는 열아홉 살 남짓. 그는 골풀을 꼬아 만든 조끼를 몸에 걸치고 손에는 페르티카라는 지팡이를 쥐고 있다. 험난하고 깊은 협곡 어딘가에서 자라고 있을 바나나와 야자열매를 찾기 위해서다. 걸음을 신중히 옮기던 그는 협곡 아래로 시선을 던진다. 아래가 보이지 않을 만큼의 까마득한 높이, 지팡이를 쥔 그의 손에 저절로 힘이 들어간다. 매일같이 오르는 협곡이지만 결코 긴장을 늦출 수는 없다. 한 발을 잘못 내딛는 순간 목숨을 잃게 되는 것이다.

그는 갈증으로 불룩한 목울대를 매만지며 주위를 둘러본다. 커다란 바위에 등을 기대고 잠시 숨을 고른다. 눈앞에는 아무것도 없다. 까마득한 허공이 펼쳐져 있을 뿐. 그는 갑자기 밀려드는 현기에 몸을 휘청거린다. 한 걸음 뒤로 물러나 벽에 바짝 붙어 선다. 언제, 어떤 일이 일어날지. 이제 그는 가족이 기다리는 마을로 무사히 돌아갈 수 있으리라는 확신조차 할 수 없다. 불현듯 가파른 협곡에 혼자 남겨진 기분에 휩싸인다. 외로움에 몸을 떤다. 잠깐의 침묵 뒤 검지를 입으로 가져간다. 그러고는 하얗게 말라붙은 윗입술과 아랫입술 사이에 동그랗게 구부린 검지를 고정시킨다. 그 사이로 바람을 불어넣는다. '오' 하는 소리가 그의 입에서 터져 나온다. '오' 하고 길게 소리를 내는 건 이제부터 말을 시작하겠다는 라고메라 부족 사이의 약속. 목청이 아닌 가슴에서 나오는 듯한 소리는 멀리 있는 다른 협곡까지 울려 퍼진다.

다음 순간, 여자는 TV에서 눈을 떼지 못했다. 그 소리에 화답하듯 협곡의 이쪽과 저쪽에서 또 다른 휘파람 소리가 들려왔던 것이다. 음색도 소리의 높낮이도 모두 달랐다. 불협화음이던 소리는 차차 조화를 이뤄나갔다. 그리고 결국엔 하나의 노래처럼 어우러져 협곡을 가득 메웠다. 소리는 점점 절정으로 치달았다. 소리의 파동에 잔잔하던 대기가 요동치기 시작했다. 나뭇잎이, 풀잎이 파르르 떨렸다.

화면을 뚫어져라 보고 있던 여자는 섬 전체가 흔들리는 듯한 착각을 느꼈다. 결코 과장이 아니었다. 휘파람은 인간의 귀가 견딜 수 있는 최대치인 110데시벨에서 120데시벨에 이른다고 했다. 날씨가 좋은 날에는 바람을 타고 10킬로미터나 떨어져 있는 먼 곳까지 울려 퍼진다고. 여자는 그들이 휘파람에 담아 전하려고 한 말이 무엇인지 생각해보았다. 서로의 무사를 기원하는 안부 인사일 수도, 서로의 외로움을 보듬어주는 따뜻한 위로일 수도, 누군가를 향한 구애의 합창일 수도 있었다.

라고메라, 여자는 그 부족의 휘파람을 떠올리며 미소 지었다. 희미하게 들려오는 휘파람 소리가 마치 자신의 안부를 묻고 있는 것 같았다. 그러나 끊길 듯 말 듯 이어지던 휘파람 소리는 차츰 잦아들었다. 여자는 뻣뻣해진 고개를 들어 틈새를 노려봤다. 하늘은 잿빛으로 변해가고 있었다. 더 어두운 톤으로. 이제는 곧 밤이 찾아올 것이었다. 구조대가 도착한다고 해도 불빛 하나 없는 어둠 속에서 여자를 찾는 건 불가능했다. 더구나 커다란 벽 아래 갇힌 상태로는. 여자는 이 모든 게 자신이 만들어낸 상상이기를 간절히 바랐다. 오랫동안 앓아온 신경증이 뼈대를 만들고, 바늘 같은 예민함이 거기에 살을 붙이고, 수많은 의심들이 숨결을 불어넣은 끔찍한 상상. 그렇다면 한시라도 빨리 거기서 벗어나야 했다. 전부 꿈일 거야, 진짜일 리 없어. 여자는 혼잣말처럼 중얼거렸지만 여전히 목소리가 나오지 않았다.

혹시 말하는 법을 잊어버린 건 아닌지. 여자는 입을 벌려 아아, 하고 소리를 내보았다. 하지만 입술만 벙긋거릴 뿐 아무런 소리가 나지 않았다. 혀도 굳어버렸는지 입천장 중간에 어정쩡하게 멈춰 있었다. 다시 한번 시도하자 목구멍에서 쇳소리가 새어 나왔다. '아'도 '으'도 아닌 흐느낌에 가까운 소리였다.

어쩌면 당연했다. 사실 여자는 지난 1년간 거의 말을 하지 않고 지내왔다. 어떤 상황에서든 시선을 내리깐 채 입을 굳게 다물고 있었다. 그러는 동안 혀는 물론 목젖과 성대까지 전부 퇴화해버린 것 같았다. 언제, 어떤 이유로 그렇게 되었는지는 잘 기억나지 않았다. 한순간 입을 굳게 닫아버렸거나, 조금씩 천천히 말수가 줄어들었을지도.

그래도 계기를 찾자면 지난여름 남편과의 말다툼이 결정적이었다. 그날 여자는 남편을 따라 부부 동반 모임에 참석했었다. 30도를 웃도는 무더운 날씨였고, 공기마저 습해 온몸이 끈끈했다. 여자는 목을 조이고 있던 블라우스의 단추를 풀었다. 그런데도 여전히 숨이 막혔다. 음식을 먹을 수도, 대화에 집중할 수도 없었다. 식당 안의 온갖 소음들이 한데 섞여 머릿속에서 웅웅거렸다. 더 이상 자리에 앉아 있기가 힘들었다. 몇 번이고 도움을 청했지만 남편은 못 들은 척 행동했다. 아니, 보란 듯이 음식을 게걸스럽게 먹어치웠고, 옆 사람과 큰소리로 떠들었으며, 자리에서 일어나 과장된 몸짓으로 건배를 제안하기도 했다. 여자는 그 자리를 견디는 것밖에는 도리가 없었다. 줄곧 침묵을 지키고 있던 여자는 집에 돌아온 순간, 참았던 말을 한꺼번에 터뜨렸다. 흥분한 탓에 말들이 두서없이 쏟아져 나왔다. 상대방의 마음을 할퀴고, 물어뜯고, 결국엔 상처를 남기는 그런 말들이었다.

남편은 귀찮은 듯 소파에 드러누워버렸다. 한 손에 리모컨을 들고 채널을 이리저리 돌렸다. 드라마에서 스포츠 채널로, 스포츠 채널에서 뉴스로 화면이 정신없이 바뀌었다. 여전히 화가 풀리지 않은 여자는 TV 앞을 가로막고 섰다. 아직 내 얘기 안 끝났잖아. 이런 식으로 피하기만 할 거야? 남편은 눈도 마주치지 않고 TV 볼륨을 높였다. 오늘의 날씨를 알려드리겠습니다. 볼륨이 올라갈수록 기상 캐스터의 목소리가 여자의 목소리를 지웠다. 여자도 지지 않으려고 목에 핏대를 세웠다. 밖에서는 잘도 떠들어대더니, 왜 말이 없어? 그래도 남편은 침묵으로 일관했다. 전국이 대체로 흐리고 비가 내리겠습니다. 여자는 참을 수 없었다. 어깃장을 놓듯 마음에도 없는 소리가 튀어나왔다. 그래 맞아, 우리에게 아이가 없는 게 얼마나 다행인지 몰라! 순간, 시선을 내리깐 남편의 미간에 주름이 잡혔다. 더 이상 상대하고 싶지 않다는 얼굴이었다. 그 모습에 여자는 더욱 화가 치밀었다. 그런다고 내가 그만할 것 같아? 서울과 경기는 5밀리미터 미만, 강원도 지역은 5에서 10밀리미터 안팎. 이제 여자는 거의 울부짖다시피 했다. 내말 듣고 있어? 내 말이 들리기나 하는 거야? 남편은 그제야 겨우 한마디 내뱉었다. 지겹다, 귀찮으니까 저리 가! 바람은 초속 8미터로 강하게 불겠습니다. 바로 그 지점에서 여자는 입을 굳게 다물었다.

여자는 그 뒤로 남편과 한마디 말도 나누지 않았다. '응' '아니' 같은 간단한 의사표시조차 하지 않았다. 둘 사이에 소통할 수 있는 방법은 사라지고 없었다. 그들은 각기 다른 방식의 언어를 가지고 있었다. 남편은 방관, 냉소, 무관심, 회피를 여자는 한숨, 눈물, 좌절, 포기라는 방식을 사용했다. 그들은 다른 세계에서 온 사람들처럼 서로의 언어를 이해하지 못했다. 그것은 태어나 처음 듣는 이국의 언어처럼 모호하고 어려웠다. 그래서 그들은 벙긋대는 서로의 입술만 멍하니 쳐다볼 수밖에 없었다. 가끔 그 입술에서 어떤 소리가 들려오기도 했지만 아무 의미도 갖지 못했다. 그것은 소음에 불과했다. 피곤해진 그들은 어쩔 수 없이 침묵이라는 방법을 선택했다. 둘 사이에 통하는 단 하나의 언어였고, 모든 소란을 잠재울 수 있는 유일한 방법이었다. 그들은 어렵게 찾아낸 해결책에 안도했다. 그리고 최대한 오래 침묵이 유지될 수 있도록 모든 말들을 속으로 삼켰다.

바닥에서 미세한 진동이 느껴졌다. 진동은 조금씩 선명해져 머리와 두 발이 가볍게 떨렸다. 벽에 난 틈새란 틈새에서 모래가 쏟아졌다. 여자는 고개를 오른쪽에서 왼쪽으로, 다시 오른쪽으로 틀었다. 하지만 모래를 피할 수는 없었다. 어느새 줄기를 이룬 모래는 점점 더 많이 쏟아져 내렸다. 견디기 힘들었다. 먼지 섞인 공기를 들이마시자 더 심하게 기침이 터져 나왔다. 쿨럭, 하고 움직일 때마다 둔탁한 울림이 가슴 전체로 퍼졌다. 온몸이 거세게 들썩이고 갈비뼈가 튕겨져 나갈 것 같았다. 때문에 여자는 똑바로 누울 수조차 없었다. 어깨를 한껏 웅크리고 손등으로 흘러나온 콧물을 닦았다. 콧물에도 모래가 섞여 거슬거슬했다. 그건 침도 눈물도 마찬가지였다. 모래는 이제 틈새뿐만 아니라 여자의 몸속에서도 쏟아져 나왔다.

여자는 얼굴과 가슴에 쌓인 모래를 떨어냈다. 팔을 움직일 때마다 모래에 쓸려 살갗이 화끈거렸다. 하지만 그때뿐, 털어낸 자리엔 다시 모래가 빠르게 쌓였다. 겨드랑이 사이에도, 두 다리 사이에도 모래가 수북했다. 머지않아 이곳은 모래로 가득 채워질 것이었다. 이대로 영영 모래 속에 파묻히는 건 아닌지, 여자는 더욱 불안했다. 그 불안과 함께 왠지 한동안 만나지 못했던 주위 사람들의 얼굴이 떠올랐다. 여자답지 않게 그들이 보고 싶었다. 가족과 친구, 사회에서 만났던 직장 동료들. 그러나 그들의 모습은 수 킬로미터 떨어져 있는 것처럼 까마득히 멀게 느껴졌다. 아무리 소리쳐봐도 그들에게 자신의 목소리는 가 닿지 않을 것 같았다. 여자는 협곡 위에 서 있던 라고메라 부족을 떠올리며 휘파람을 불어보았다. 역시 소리가 나지 않았다.

여자는 소리가 나지 않는 휘파람을 계속 불며 생각했다. 침묵하는 게 아니었어. 남편과의 사이가 완전히 틀어진 것도, 주위의 누구와도 만나지 않게 된 것도 전부 자신의 탓이었다. 여자는 뜻하지 않은 오해가 생길 때마다 온갖 말로 자신을 방어하기보다는 입을 꾹 다물어버렸다. 특별한 이유는 없었다. 다만 어릴 적 어른들에게 들었던 몇몇 말들이 떠올라 침묵했다. 여자가 말이 많으면 못쓴다. 말대꾸하지 마라. 너는 뭐든 따지고 드는 게 문제다!

생각해보면 남편과의 침묵은 결혼 초기부터 시작되었다. 결혼 3개월 만에 생긴 아이를 잃었을 때도, 한 번의 유산이 두 번 세 번으로 이어졌을 때도, 그로 인해 가까운 사람들의 입에 오르내릴 때도, 무엇보다 남편의 다정한 말 한마디가 절실하게 필요했을 때도 여자는 그냥 조용히 있었다. 그런데 그것이 이토록 돌이킬 수 없는 일이 되어버릴 줄이야.

굵어지는 모래 줄기를 쏘아보고 있을 때, 여자의 간절함에 화답하듯 휘파람 소리가 들려왔다. 소리가 나는 쪽을 향해 고개를 돌렸다. 움직임이 자유롭지 못했지만 최대한 목을 길게 뺐다. 그러자 모래 소리에 가려져 있던 휘파람 소리가 점차 또렷해졌다.

처음과 달리 소리는 일정한 리듬을 가지고 있었다. 스타카토처럼 짧은 음이 반복되는가 하면, 높고 낮은 서로 다른 음이 번갈아 나기도 했다. 때론 귀에 익숙한 멜로디처럼 들렸다. 〈학교 종〉이나 〈송아지〉처럼 단조로운 리듬을 가진 동요 같았다. 소리에 귀를 기울일수록 그저 단순한 노랫소리가 아닌 듯했다. 어떤 뜻을 가진 기호나 일종의 약속처럼 여겨졌다. 라고메라 부족의 휘파람처럼 정말로 여자에게 위로의 메시지를 보내는 것 같았다.

여자는 휘파람이 가진 규칙을 찾아보기로 했다. 숨소리를 한껏 낮추고 온 신경을 소리에 집중했다. 음의 높낮이와 빠르기, 리듬, 박자 하나까지 놓치지 않았다. 잠시 숨을 고르기 위한 침묵조차 뭔가 의미 있게 다가왔다. 짧게 한 번 내는 소리는 숫자 '1'을, 두 번은 숫자 '2'를, 연달아 세 번은 숫자 '3'을 의미하는 건 아닐지. 어쩌면 시간이나 방향을 나타낼 수도 있었다. 여자는 몇 개의 간단한 단어들도 추측해보았다. 높이 치솟는 소리는 '하늘', 낮게 내리깔린 소리는 '땅', 길게 내뻗는 소리는 '바람', 가볍게 오르내리는 소리는 '새', 끊길 듯 이어지는 소리는 '비'. 그러자 휘파람이 마치 누군가 건네는 말소리처럼 들렸다. 거기에 대답이라도 하듯 여자도 입술을 달싹였다.

간신히 버티고 있던 건물 더미가 무너지는 소리에 휘파람 소리가 사라졌다. 이제 천장에선 모래가 아닌 크고 작은 시멘트 조각들이 떨어져 내렸다. 미처 피하지 못해 여자의 얼굴 여기저기에 상처가 생겼다. 심호흡을 해봐도 좀처럼 진정되지 않았다. 주위의 진동보다도 더 거칠게 맥박이 뛰었다. 앞을 가로막고 있는 벽의 균열도 눈에 보일 정도로 틈이 벌어져 있었다. 주먹 하나가 들어갈 만큼 구멍이 뚫린 곳도 있었다. 헐거워진 틈새 사이로 건물 잔해와 모래가 끊임없이 쏟아져 들어왔다.

점점 거세지는 진동에 여자의 머릿속도 마구 뒤흔들렸다. 어떤 생각도, 어떤 감정도 떠올릴 수 없었다. 뭘, 어떻게 해야 할지. 막막함에 숨통이 조여들자 가만히 있던 팔과 다리가 경런을 일으켰다. 몸이 말을 듣지 않았다. 벽에 갇힌 지금, 여자가 할 수 있는 건 아무것도 없었다. 곧 구조대가 도착할 것이라는 기대조차 사라진 지 오래였다. 모든 상황들이 마지막을 향해 달려가는 것 같았다.

이제 어둠은 좁은 공간을 완벽히 채우고 있었다. 밤이 깊어질수록 긴장은 더 극에 달했다. 눈은 쉴 새 없이 주위를 살피기에 바빴고, 모든 신경 줄이 팽팽하게 당겨진 듯 날카로웠다. 두려움도 어둠의 농도만큼 짙어졌다. 벽에 균열이 가거나, 건물 어딘가가 무너지는 온갖 소리들이 증폭되어 바로 옆인 듯 생생하게 들려왔다. 여자는 눈물이 먼지와 섞여 진득해진 눈을 깜빡였다. 빛 한 점 없는 어둠은 깊이를 가늠하기 어려웠다. 이 모든 게 전부 상상이라면. 그래서 택배 기사가 울리는 초인종 소리나 전기밥솥의 타이머 소리, 전화벨 소리에 맞춰 깨어날 수 있는 것이라면. 여자는 마치 꿈에서 깨어나려는 듯 아랫입술을 세게 깨물었다.

그런데도 정신이 자꾸만 까무룩해졌다. 눈꺼풀이 무겁게 내려앉았다. 의식이 수명을 다한 전등불처럼 천천히 들어왔다 나갔다를 반복했다. 여기서 정신을 잃으면 안 되는데. 어눌하게 움직이는 혀도 전혀 현실감이 없었다. 여자는 어렴풋이 피를 너무 많이 흘렸다는 생각을 했다. 상처가 난 곳에 손을 가져다 댔다. 감각이 무뎌졌는지 통증조차 잘 느껴지지 않왔다. 주위는 온통 피로 흥건했다. 응고돼 진득해진 피 위로 방금 몸에서 흘러나온 따뜻한 피가 섞여들었다. 손으로 상처를 막아봐도 소용없었다. 멈추지 않고 새어 나오는 피의 흐름이 손가락 사이에서 느껴졌다. 이대로 있다간 몸에 한 방울의 피도 남지 않을 것 같았다.

다시금 누군가에게 도움을 청하기 위해 여자는 온 힘을 다해 입술을 벌렸다. 입술 사이로 모래가 흘러들었다. 침과 섞인 모래가 입 안에 끈끈하게 달라붙었다. 하지만 모래를 뱉어낼 힘도, 그럴 마음도 남아 있지 않았다. 온통 자고 싶다는 생각뿐이었다. 밀려드는 갈증에 마른침을 삼켰다. 침 대신 거슬거슬한 모래만이 목구멍으로 넘어갔다. 여자는 정신이 가물거리는 중에도 휘파람을 불려고 애를 썼다. 입술은 어떤 모양이고, 소리는 어떻게 나왔더라. 가까스로 협곡 위에 서 있는 라고메라 부족의 모습을 머릿속에 그려보았다. 다부진 몸집과 아담한 키, 그리고 손에 꼭 쥐고 있는 지팡이. 하지만 금방이라도 사라져버릴 듯 형체가 흐릿했다.

그런데 어찌 된 일인지, 머릿속에 그려진 협곡 위에는 라고메라 부족이 아닌 여자가 서 있었다. 거센 바람에 여자의 몸이 균형을 잃고 앞뒤로 흔들렸다. 여자는 낭떠러지를 노려보듯 발아래를 응시하다가 손을 입으로 가져갔다. 라고메라 부족처럼 검지를 윗입술과 아랫입술 사이에 끼워 넣었다. 그러고는 고개를 젖히고 허공을 향해 휘파람을 불었다. 진폭이 큰 소리의 울림이 길게 뻗어 나갔다. 그러자 협곡 저쪽 어딘가에서 또 다른 휘파람 소리가 들려왔다. 바람에 실린 두 소리가 하나로 섞여들면서 협곡 전체에 메아리가 울려 퍼졌다. 여자는 더욱 힘껏 휘파람을 불었다. 바람에 실린 그 소리는 당신과 이야기하고 싶습니다! 당신이 그립습니다! 하는 바람의 언어가 되어 멀리 퍼져 나갔다.

누군가 가슴 부위를 밟고 서 있는 느낌이었다. 여자는 헉, 하고 한꺼번에 숨을 토해내며 정신을 차렸다. 겨우 눈을 뜨자 어느새 벽이 얼굴 가까이 내려앉아 있었다. 이젠 숨을 쉴 공간조차 부족했다. 가슴과 어깨가 짓눌린 듯 꼼짝도 할 수 없었다. 팔다리를 버둥거려봤지만 닿는 것은 시멘트 벽뿐이었다. 벽과 벽 사이에 짓눌리는 건 시간문제 같았다. 10센티미터, 아니 5센티미터만 더 내려앉았으면 정말 끝이었다는 생각에 진저리가 쳐졌다. 하지만 그런 생각도 곧 흩어지고 말았다. 아무리 움켜쥐려 해도 손가락 사이로 빠져나가는 모래처럼 다시 정신이 가물거렸다. 눈을 감았다 뜰 때마다 더욱 깊은 어둠 속으로 빠져드는 것 같았다. 이대로 죽는 게 나을지도 몰라, 얼핏 그런 생각이 스쳤다.

그때였다. 꺼져가는 의식을 가르고 또다시 휘파람 소리가 들려왔다. 여자의 고개가 절로 소리가 나는 쪽을 향해 돌아갔다. 소리가 현실에서 들려오는 것인지, 아득한 꿈결에서 들려오는 것인지 헷갈렸다. 그런데 이상했다. 왠지 휘파람 소리가 달리 들렸다. 누군가의 숨결처럼 느껴졌다. 귀에 입술을 대고 따뜻한 날숨을 불어넣는 듯했다. 그런 느낌에 여자는 마음이 한결 편안해졌다. 누군가 따뜻하고 부드러운 손길로 상처투성이인 여자의 온몸을 가만가만 어루만져주는 것 같았다.

휘파람은 멀리서, 또 가까이에서 들려왔다. 때론 거의 들리지 않았다. 여자는 소리의 끝을 놓치지 않기 위해 애를 썼다. 가쁜 숨조차 멈추고 더욱 귀를 기울였다. 그러자 휘파람 소리에 아슴푸레 어떤 말소리가 섞여 있는 것 같았다. 누군가 여자에게 말을 거는 듯했다. 어쩌면 남편이 흙더미를 파헤치며 여자를 부르는 소리일 수도 있었다. 여자는 반짝 눈을 떴다. 그리고 천천히 입술을 뗐다. 혀와 입술에 감각이 없었다. 입술이 다물어지지 않고 저절로 스르르 벌어졌다. 벌어진 틈 사이로 모래 섞인 침이 새어 나왔다. 하지만 이번 기회가 아니면 영원히 침묵해야 할지도 몰랐다.

여자는 입술을 동그랗게 말았다. 첫말을 떼는 아이가 엄마, 아빠, 맘마를 발음하듯 천천히 입술을 움직였다. 나 여기 있어요, 하듯 혀 사이로 바람을 불어넣었다. 하지만 무뎌진 입술에서는 쉬이, 하고 바람 빠지는 소리만 나왔다. 여자는 포기하지 않았다. 배 속에서 올라오는 날숨을 한껏 끌어 올려 입술 사이로 길게 내뿜었다. 휘이, 휘이, 휘이히! 그제야 어설 프게나마 소리가 났다. 여자는 기뻤다. 능숙하게 휘파람을 불 기 위해서는 조금 더 연습이 필요할 것이었다. 여자는 계속해 서 휘파람을 불었다. 휘이, 휘이히, 휘이히…… 휘익, 휘익, 휘 이익! 그리고 그 소리에 담아 전하고 싶은 자신의 마음을 떠 올려보았다. 당신과 함께하고 싶습니다!

어디선가 "아래, 사람 있어요?" 하는 외침이 들려왔다. 곧 이어 쿵! 하는 소리가 이어지고 환한 불빛이 여자의 눈꺼풀 위로 어른거렸다.

피피와 구구

너, 비둘기 시체 본 적 있니? 한 달 만에 불쑥 나타난 피피가 말했다. 최소한 미안하다는 말이나 그럴듯한 변명이라도 해야 하는 게 아닌지. 그러나 구차한 피피보다는 뻔뻔스러운 피피가 더 멋있다는 생각이 들었다. 나는 꼬치에서 은행 알을 빼내며 비둘기? 하고 되물었다. 은행 알은 푸석푸석하고 밍밍했다. 2년째 드나드는 단골 술집은 맛도 분위기도 별로였다.

그래, 비둘기. 피피의 말에 나는 기억을 더듬었다. 길게 혀를 빼문 채 죽어 있는 개, 터진 몸통 밖으로 내장이 쏟아져 나온 고양이, 허리가 절단돼 몸이 두 동강 난 고라니, 아스팔트 위에 너덜너덜한 흔적만 남긴 이름 모를 동물들의 모습까지. 그중 비둘기는 없었다. 물론 보고도 기억하지 못할 확률이 더

높았다. 나는 새삼 생각했다. 공원이나 길거리에서 본 비둘기
숫자라면 1년에 한두 번은 마주쳤을 텐데. 소주 탓인지 머리
가 띵했다.

"본 적 없지?"

그럴 줄 알았다는 듯 피피가 씩 웃었다. 그러곤 문장 중간
에 쉼표를 찍듯 소주를 들이켰다. 위에서 아래로 목젖이 깊게
쿨럭였다. 덩달아 나도 마른침을 삼켰다. 그건 말이지, 투명해
지기 때문이야. 피피의 말에 흐려지던 정신이 또렷해졌다. 술
이 깨자 이내 기분이 가라앉았다. 테이블 곳곳에 동전 크기로
떨어진 찌개 국물도, 우중충한 가게 안 분위기도 마음에 들지
않았다. 그런데도 피피는 '정말'이라고 계속 우겨댔다. 그가
소설가였다는 사실이, 그동안 발표한 작품마다 터무니없다는
혹평을 받았다는 사실이, 이제는 발표할 기회마저 주어지지
않고 있다는 사실이 떠올랐다. 나는 웃어야 할지 화를 내야
할지 몰라 모호한 표정을 지었다.

"정말이야. 비둘기는 죽으면 몸이 투명해져서 공기 중으로
사라져. 그러고 나면 아무것도 없는 허공에서 한동안 구구구
구 하는 울음소리가 들려와."

덤덤한 내 반응에 피피가 목소리를 높였다. 그러나 그것도
잠시, 이마에 굵은 주름을 잡으며 인상을 썼다. 울울한 기분
탓인지 피피의 눈매가 더욱 처져 보였다.

늘 그렇듯 피피와 나는 지하철역 앞에서 헤어졌다. 에스컬레이터에 몸을 실은 피피가 역 안으로 미끄러져 들어갔다. 단정치 못한 그의 정수리가 시야에서 사라지고 나서야 나는 집을 향해 걷기 시작했다. 하얗게 얼어붙은 보도블록이 발밑에서 덜그럭거렸다. 벤치 앞을 지날 때쯤 습관적으로 고개를 돌렸다. 늘 그렇듯, 오늘도 비둘기 엄마가 나와 있었다. 여자는 영하의 날씨에도 아랑곳하지 않고 비둘기들을 보살피고 있었다. 하얀 입김을 길게 내뿜으며 모여든 비둘기에게 모이를 나눠줬다.

나는 천천히 걸으며 여자의 모습을 흘끔거렸다. 잔꽃 무늬가 프린트된 롱 원피스 위에 남성용 모직 코트를 걸쳤고, 그 위에 패딩 조끼까지 껴입어 몸집이 비대해 보였다. 걸음걸이도 팔의 움직임도 둔했다. 하지만 아쉽게도 얼굴은 보이지 않았다. 감아올린 목도리 위로 두 눈만 드러나 있었다. 흐리멍덩한 여자의 눈빛이 힌트 없는 난해한 질문처럼 느껴졌다. 대체 뭘 하는 사람인지, 갑자기 여자에 대해 궁금해졌다. 누군가는 갈 곳 없는 노숙자라고 했고, 또 누군가는 아이를 잃은 뒤 정신이 이상해졌다고 했다. 일부러 미친 척을 하는 거라고 수군대는 사람도 있었다. 그중 확실한 건 아무것도 없었다. 여자가 하루도 빠짐없이 나와 비둘기를 보살핀다는 것 말고는.

집 안은 온통 어둠뿐이었다. 단순히 '어둡다'라는 말로는 부족했다. 손끝이 시릴 만큼 쨍한 어둠, 두 눈을 자꾸 슴벅슴벅하게 되는 어둠, 굶주린 듯 배 속이 헛헛해지는 어둠, 혓바늘이 돋은 듯 아릿한 통증이 밀려오는 어둠. 그러나 어떤 것도 적합한 느낌은 아니었다. 나는 벽을 더듬어 전등 스위치를 찾았다.

불이 들어오자 문 앞에 놓인 쟁반이 가장 먼저 눈에 들어왔다. 무엇을 얼마만큼 먹었는지 재빨리 살폈다. 오빠는 쟁반엔 손도 대지 않은 듯했다. 멸치볶음과 콩자반은 물론이고 공기에 담긴 밥도 그대로였다. 물컵의 물도 조금도 줄어들지 않았다. 그가 아직 살아 있는 건지 걱정이 됐지만 방문을 열어볼 용기는 나지 않았다.

나는 공기에 소금 알갱이처럼 하얗게 말라붙은 밥알을 떼어내며 조용히 숨을 죽였다. 오빠가 아직 이 집에 머물고 있다는 증거를 찾기 위해서였다. 낮게 흘러나오는 TV 소리나 컴퓨터 자판 두드리는 소리, 혼자서 뭐라고 중얼거리는 소리, 조용히 숨죽여 우는 소리 같은. 하지만 방에선 그 존재를 짐작할 만한 어떤 소리도 들리지 않았다.

빈속에 소주를 마신 탓에 허기가 밀려왔다. 나는 밥과 반찬 한두 가지로만 간단하게 상을 차렸다. 쟁반을 들고 오빠의 방문과 마주 앉았다. 밥 한 숟가락을 크게 떠 넣은 뒤 묵묵히 밥

알을 씹었다. 매일 반복되는 일인데도 낯설고 어색하고 불편했다. 그래도 먹는 일을 멈추진 않았다. 가족은 함께 밥을 먹는 사람들이란다. 엄마 없는 썰렁한 밥상 앞에서 입버릇처럼 하던 아버지의 말을 떠올리며 하루 한 끼는 꼭 이렇게 먹었다. 굳게 닫힌 방문을 쳐다보며 억지로 밥을 떠넘겼다. 자주 목이 멨고, 하루걸러 한 번은 꼭 체했다. 때문에 비타민을 챙기듯 매일 소화제를 먹어야 했다.

나는 시어빠진 김치를 집어 올리며 오빠와 마지막으로 함께 먹은 음식이 무엇이었는지 생각했다. 노릇하게 구운 갈치구이였던 것도 같고, 돼지비계를 듬뿍 넣은 김치찌개인 것도 같았다. 어쨌든 기름기로 번들대는 오빠의 입술만 유난히 또렷했다. 이상하게도 다른 건 잘 떠오르지 않았다. 지난 반년동안, 내 유일한 가족과 문 하나를 사이에 두고 지내온 셈이었다. 이젠 목소리도 얼굴도 가물거렸다. 잘 닦이지 않는 기름때처럼 그리움이 진득하게 달라붙었다.

6개월 전, 오빠에게 무슨 일이 있었는지 나는 알지 못했다. 다만 소소한 몇 가지 일을 기억했다. 50년 만에 찾아온 폭염, 팽팽하게 당겨진 신경 줄을 튕기는 듯한 팀장의 목소리, 지하철에서 뾰족한 하이힐 굽에 밟혔던 발등의 통증 같은. 모두 오빠와의 연결고리를 찾을 수 없는 것들이었다.

그날 오빠는 자정이 넘어서야 집으로 돌아왔다. 조금 피곤해 보였지만 술을 마신 것 같지는 않았다. 주민센터 민원실에서 계약직으로 일하는 오빠에겐 야근도 회식도 흔치 않은 일이었다. 안 잤니? 오빠는 나에게 알은체를 한 뒤 냉장고로 향했다. 양복이 유난히 커 보였다. 걸을 때마다 소매와 바짓단이 힘없이 펄럭였다. 뼈대가 아닌 옷의 재봉 선만으로 몸을 지탱하고 있는 것처럼 보였다. 목이 탔는지 오빠는 물 한 통을 쉬지 않고 들이켰다. 목젖이 쿨럭일 때마다 물이 빠르게 줄어들었다. 급히 들이켠 물이 코와 입으로 흘러나왔다. 그래도 오빠는 계속해서 물을 마셔댔다. 사막식물처럼 몸 곳곳에 수분을 저장해놓으려는 것 같았다.

"너 사는 게 뭔지 아니?"

잠시 물통에서 입을 뗀 오빠가 물었다.

"사는 거?"

"그래, 사는 거."

뜬금없는 질문에 나는 고개를 들었다. 감정을 애써 누르듯 오빠의 얼굴이 경직돼 있었다. 나는 음…… 하고 한동안 생각을 입 안에서 굴그른 다음 입을 열었다.

"먹는 거? 자는 거? 먹고 자는 거?"

"아니, 틀렸어."

"그럼?"

"날마다 조금씩 쓸모없어지는 거야."

"매일매일?"

"그래, 하루도 빼놓지 않고 매일매일."

한숨을 내쉬듯 말을 마친 오빠는 통장 하나를 내게 건넸다. 얼떨떨한 얼굴로 나는 통장의 첫 장을 펼쳤다. 한눈에도 꽤 많은 액수였다. 혼자서 우리 남매를 키워온 아버지가 교통사고로 죽은 뒤 받은 보험금인 듯했다.

이젠 네가 맡아라. 오빠의 말에 나는 대답도 하지 않고 통장에 찍힌 액수부터 헤아렸다. 일 십 백 천 만 십만 백만 천만. 자꾸만 헷갈려 숫자를 세고 또 세었다. 그러는 동안 오빠의 방문이 쾅, 하고 닫혔다. 평소보다 더 크고 둔탁한 울림이었다. 그제야 오늘이 공무원 1차 시험 합격자 발표 날이라는 데 생각이 미쳤다.

하지만 다음 날도, 그다음 날도 방문은 열리지 않았다. 시험에서 떨어진 게 이번이 처음도 아닌데, 나는 갑작스러운 오빠의 행동이 당황스러웠다. 그리고 무엇보다 '왜'인지 궁금했다. 복사나 서류 정리 같은 잡무 때문에 화장실 갈 틈도 없어, 공부할 시간이 부족해 걱정이야, 하던 오빠의 말이 떠올랐지만 정확한 이유는 알 수 없었다. 주먹으로 두드려보고, 사정을 해봐도 문 저편은 조용하기만 했다. 감쪽같이 사라져버렸거나, 애초에 존재하지 않았던 것처럼.

*

　크고 작은 사무실이 밀집해 있는 탓에 지하철역은 유독 붐
볐다. 사람들에 떠밀려 입구를 빠져나오자 하루를 모두 써버
린 듯 피곤했다. 사무실은 6층짜리 건물 3층에 자리해 있었
다. 재작년에 새로 리모델링을 했지만 여전히 낡은 티를 감추
지는 못했다. 나는 계단을 오르며 계피 맛 사탕 하나를 입에
넣었다. 하루 종일 사람들을 상대하려면 목 상태가 좋아야 했
다. 엄지와 검지로 목젖을 누른 뒤 아아, 소리를 냈다. 목에선
가래 끓는 소리가 났다.

　사무실로 들어서자 양쪽으로 늘어선 파티션이 눈에 들어
왔다. 구획정리가 잘된 주택가나 농경지 같은 느낌이 들었다.
파티션 위로 둥그스름한 정수리들이 솟아 있었다. 벌써 방문
조사를 나갔는지 몇몇은 보이지 않았다. 나는 들릴 듯 말 듯
인사를 하고는 자리로 향했다. 조심성 없는 행동에 한쪽에 쌓
여 있던 서류 더미가 바닥으로 쏟아졌다. 괜찮냐고 말을 건
네는 사람도 관심을 두는 사람도 없었다. 모두들 피곤에 찌든
얼굴로 컴퓨터 모니터만 들여다보고 있었다.

　'취업 능력 진단 및 향상에 관한 연구.'

　책상 위에 놓인 서류 봉투엔 굵은 매직으로 이렇게 적혀 있
었다. 정갈한 글씨체와 달리 뜻은 잘 이해되지 않았다. 취업

능력을 진단하겠다는 건지, 향상시키겠다는 건지, 아니면 두 마리 토끼를 다 잡겠다는 건지. 하지만 이제껏 진행해온 조사의 주제들 모두 모호하기는 마찬가지였다. '실업자 생활환경 조사'도 그랬고 '실업자 취업 분야 선호도 조사'도 그랬다. 정말 효용성이 있기는 한 건지 의심스러웠다. 어쨌든 나는 서류 봉투에서 설문지 한 장을 꺼냈다. 질문은 대부분 '실업'과 관련된 것이었다. 회사가 '실업 문제'를 담당하는 정부 기관의 일을 주로 맡아 하는 조사 기관이었으므로 당연했다.

믹스커피를 마시며 설문지를 계속 살폈다. 몇 개의 간단한 문항 아래에 0부터 10까지 숫자가 적혀 있었다. 앞으로의 개선 가능성을 수치로 표시한 것이었다. 0 위에는 우는 표정의 이모티콘이, 10 위에는 웃는 표정의 이모티콘이 그려져 있었다. 나는 조사 대상자 난에 오빠의 이름을 써넣었다. 그러곤 문항들에 빠르게 답을 체크해나갔다. 아는 것은 제대로, 헷갈리는 것은 그냥 찍었다. 주관식 문항에서는 최대한 상상력을 발휘해야 했다.

설문이 끝나고 마지막으로 개선 가능성을 평가할 차례였다. 볼펜 끝이 0과 1 사이에서 멈췄다. 오빠의 현재 상태가 0일지 1일지 망설여졌다. 그러나 곧 고민을 멈췄다. 0과 1 사이에는 아무런 차이가 없다는 생각이 들었다. 그건 가운데 앉아 어느 쪽으로 고개를 돌리고 있느냐의 문제 같았다. 0을 바라보고 있는지, 아니면 1을 바라보고 있는지. 나는 볼펜으로 0에 √ 표시를 하고는 사무실을 나섰다.

버스 정류장을 향해 걷고 있는데 핸드폰 알림음이 울렸다. 지금 동대문인데 너희 오빠를 본 것 같아. 친구가 보내온 문자메시지엔 놀람과 다급함이 뒤섞여 있었다. 나는 그것을 유행처럼 번지기 시작한 가짜 뉴스나, '월 수익률 100프로 보장' 같은 터무니없는 내용의 스팸문자처럼 현실감 없이 읽어내려갔다. 동대문에서 오빠를 봤다니. 방 안에만 있는 오빠가 그런 곳에 갔을 리 없었다.

하지만 오빠를 봤다는 목격담은 이번이 처음은 아니었다. 사람들에 의하면 오빠는 청계천에도, 북한산에도, 종로 한복판에도, 신림동 뒷골목에도 모습을 나타냈다. 심지어 어느 호텔 커피숍에서 봤다는 사람도 있었다. 그건 그들의 착각이거나 착시가 분명했다. 평소 오빠는 돌아다니는 것을 좋아하는 사람도, 호텔 같은 곳을 드나드는 사람도 아니었다. 네가 잘못 봤겠지. 친구에게 답장을 보내려던 나는 손을 멈췄다. 불현듯 어쩌면 정말일지도 모른다는 생각이 들었다. 아니, 그렇게 믿고 싶었다. 언제부터인지 피피의 말이 자꾸만 오빠와 연결돼 불안했다. 비둘기는 죽으면 몸이 투명해져서 공기 중으로 사라져.

낯선 거리를 헤매는 오빠의 모습을 상상하며 버스 정류장에 멈춰 섰다. 추운 날씨 탓인지 정류장은 한산했다. 거리를 지나는 사람도, 버스를 기다리는 사람도 없었다. 일정한 간격으로 들어오는 버스만이 단조로운 배경에 무늬를 그려 넣었다. 나는 시린 발을 구르며 다음 대상자를 찾았다. 서류엔 대상자로 선정된 사람들의 이름과 신상이 잘 정리돼 있었다. 대상자의 조건은 간단했다. 지난 2년간 경제활동이 없을 것, 서울에 거주할 것, 20~40세 사이의 남녀일 것. 어렵지 않게 두 번째 대상자를 골랐다. 그는 다행히 회사에서 멀지 않은 곳에 살고 있었다. 때마침 들어온 버스에 올라탔다. 창밖으로 투명하게 얼어붙은 풍경이 빠르게 밀려나고 밀려왔다.

남, 29세, 강○○. 대상자는 지은 지 오래된 복도식 연립주택에 살고 있었다. 벽 곳곳에 금이 가 있고 계단에서 지린내가 풍겼다. 나는 계단을 올라 4층에 있는 남자의 집으로 향했다. 똑같이 생긴 네 개의 문을 지나 405호 앞에 멈춰 섰다. 배달 음식점 스티커와 광고 전단으로 도배된 문엔 호수조차 적혀 있지 않았다. 계단을 오르느라 가빠진 숨을 고르며 0부터 10까지의 숫자를 떠올렸다. 남자가 0에 가까운지 10에 가까운지 주변부터 살폈다.

현관문 앞에 놓인 화초가 제일 먼저 눈에 들어왔다. 잎끝이 노랗게 타들어간 채 시들시들 말라 있었다. 비죽이 솟은 가지를 잡아당기자 힘없이 뿌리가 뽑혔다. 숫자를 10에서 9로 한 칸 이동시켰다. 흙 묻은 손을 털어내며 시선을 돌렸다. 문 앞은 잉크가 바래 글자가 흐릿해진 각종 고지서들로 어지러웠다. 9에서 8로 다시 한 칸 움직였다. 그뿐만이 아니었다. 뽀얀 먼지를 뒤집어쓴 채 미동조차 하지 않는 계량기에서도, 오랫동안 타지 않아 바퀴가 녹슨 자전거에서도 삶의 의지 같은 건 보이지 않았다. 한 칸 또는 두 칸씩 남자는 빠른 속도로 0으로 수렴되고 있었다.

크게 심호흡을 한 뒤 현관문을 두드렸다. 계세요? 아무도 안 계세요? 큰 소리로 외쳐봐도 아무런 대답이 없었다. 굳게 닫힌 오빠의 방문을 떠올리며 문에 귀를 가져다 댔다. 쨍, 하는 찬 기운이 느껴졌다. 가스레인지 후드 돌아가는 소리, 배수관 물 내려가는 소리, 아기의 울음소리 등이 어렴풋이 들려왔다. 그 소음들 사이에서 남자의 것을 가려내는 것은 쉽지 않았다. 귀를 기울일수록 우웅, 하는 알 수 없는 이명만 들려올 뿐이었다. 더 이상은 무리였다. 나는 자리에서 일어나 설문지를 펼쳤다. 남자의 이름을 써넣은 뒤 빈 문항들을 채워 나갔다. 거짓으로 꾸민 티가 나지 않도록 답을 고루 분산시켰다. 어떤 질문은 '그렇다'에, 어떤 질문은 '아니다'에 체크를 했다. 사인 난에는 가짜 사인까지 그려 넣었다.

늦은 시간, 역 앞의 풍경은 스산했다. 벤치 위에서 쪽잠을 자던 노숙자들도, 갈지자로 거리를 누비며 고래고래 소리를 지르던 취객들도 보이지 않았다. 사람들의 시선이 닿지 않는 곳으로 감쪽같이 사라져버린 듯했다. 나는 다리가 아파 잠시 벤치에 앉았다. 하얗게 서리가 내려앉은 벤치는 은가루를 뿌린 듯 반짝였다. 왠지 몽환적인 느낌이 들었다. 하지만 그것도 잠시, 차가운 냉기가 등허리를 파고들었다.

그 와중에도 정말 참기 힘든 건 다리의 통증이었다. 온종일 걸어 다닌 탓에 종아리가 터질 듯 부풀었다. 조금만 힘을 줘도 팽팽해진 혈관들이 툭 하고 끊어질 것 같았다. 그런데도 오늘 작성한 설문지는 여덟 장뿐이었다. 그중 절반은 내가 거짓으로 꾸며 넣은 것이었다. 지금 상태로는 마감 기한을 지키기 어려울 듯했다. 사무실에 쌓여 있는 수십 장의 설문지를 떠올리자 머리가 아파왔다. 기분이 땅바닥으로 내려앉는 느낌이었다. 게다가 며칠째 피피와도 연락이 닿지 않았다. 작품을 쓰고 있거나 여행 중이겠지. 그렇게 생각하면서도 자꾸 신경이 쓰였다. 지난번 피피에게 빌려준 300만 원이 마음에 걸렸다. 설마, 하는 마음과 달리 생각이 자꾸만 안 좋은 쪽으로 방향을 틀었다.

"구구구 구구구구."

어디선가 들려오는 비둘기 소리에 고개를 들었다. 소리를 내고 있는 건 비둘기가 아니라 비둘기 엄마였다. 여자는 새부리처럼 입술을 뾰족하게 내밀고는 구구구 소리를 내며 비둘기들을 한쪽으로 몰았다. 방향을 잃은 비둘기들이 이리저리 몰려다녔다. 그 뒤로 낮게 걸린 플래카드가 바람에 펄럭이고 있었다. '비둘기에게 먹이를 주지 마시오.' 붉은색 페인트로 쓴 글씨가 눈에 들어왔다. 먹이를 주면 비둘기들이 모여들고, 그러면 주위 미관을 해친다는 게 그 이유였다. 그러나 진짜 이유는 따로 있는 것 같았다. 나는 사람들이 불편하게 생각하는 게 비둘기인지, 비둘기 엄마인지 궁금했다.

여자는 플래카드에 쓰인 글씨를 지우려는 듯 더 자주 팔을 움직였다. 그때마다 좁쌀같이 생긴 노란 알갱이들이 사방으로 흩어졌다. 보도블록의 틈과 틈 사이가 노란 알갱이들로 채워졌다. 멀리서 보면 노란색 금을 사방에 그어놓은 것 같았다. 그리고 오직 비둘기 엄마와 비둘기들만이 그 금을 넘을 수 있는 것처럼 느껴졌다.

나는 여자의 발아래에 모인 비둘기들을 가만히 지켜봤다. 아무거나 쪼아대는 부리도, 듬성듬성 빠진 깃털도, 새빨갛고 주름진 발도 불결하게 느껴졌다. 그건 더 이상 88서울올림픽에서 경기장 위를 날던 평화의 상징이 아니었다. 나는 어릴 적 보았던 비둘기의 모습을 떠올렸다. 비둘기를 본 건 올림픽 개막 방송에서였다. 아버지와 오빠와 나는 밥상에 둘러앉아

TV를 보고 있었다. 그날은 내 여덟 번째 생일이었고, 엄마가 집을 나간 지 한 달째 되는 날이기도 했다. 미역국을 먹는 둥 마는 둥 하며 나는 TV 화면에 눈을 팔았다. 소고기도, 양념도 없이 미역줄기로만 끓인 미역국은 맛이 밍밍했다. 밥 먹을 땐 딴짓하는 거 아니다, 하고 아버지가 스읍 침을 삼켰다. 하지만 나는 스읍, 하는 소리가 들릴 때만 숟가락을 들었다.

TV에서는 게양식이 한창 진행되고 있었다. 화려하게 치장된 경기장에 애국가가 울려 퍼졌다. 동해물과 백두산이 마르고 닳도록……. 게양대 끝에 커다란 오륜기가 걸리자 사방에서 폭죽이 터졌다. 그 소리를 신호로 그물에 갇혀 있던 비둘기들이 일제히 날아올랐다. 폭죽 소리에 놀란 비둘기들이 허둥지둥 날갯짓을 해댔다. 서로 몸이 부딪치고, 날개가 뒤엉키고, 사방에 깃털이 날렸다. 균형을 잡지 못한 비둘기들은 땅으로 곤두박질치기도 했다. 그래도 멀리서 카메라에 잡힌 모습은 황홀 그 자체였다. 수천 마리의 비둘기가 경기장 위로 날아올라 거대한 물결을 이뤘다. 비둘기들은 새하얀 포말처럼 눈부시게 빛났다. 그 눈부신 일렁임을 나는 넋을 놓고 쳐다봤다. 입에서 와아, 하는 소리가 저절로 터져 나왔다.

"비둘기한테서 왜 빛이 나?"

나는 숟가락을 입에 문 채 아버지에게 물었다.

"누구나 찬란히 빛나는 순간이 있는 거란다. 곧 희미해지긴

하지만."

말을 마친 아버지의 얼굴빛이 왠지 어두웠다. 그사이 비둘기들은 경기장을 빠져나가 어디론가 사라졌다. TV에 잡힌 텅 빈 하늘을 지켜보던 아버지는 할 말이 남은 듯 입을 달싹였지만 더는 말하지 않았다.

그땐 이해하지 못했지만 '희미해진다'라는 아버지의 말은 사실이었다. 비둘기가 평화의 상징으로 불리던 것은 아주 잠시뿐이었다. 그 뒤론 줄곧 더럽고, 성가시고, 불필요한 존재로 여겨졌다. 비둘기들은 공원이나 역 앞에 떼로 모여 앉아 있거나 쓰레기를 마구 헤적여 골목을 어지럽혔다. 또 지붕이나 자동차 앞 유리에 함부로 똥을 싸댔고 베란다에 내놓은 화초를 부리로 쪼아 망쳐놓았으며 잠을 이루지 못하도록 창가에 앉아 밤새 구구구구 울었다. 언젠가 한번은 너무 화가 나 피둥피둥 살이 오른 비둘기의 옆구리를 세게 걷어차기도 했었다. 더러워, 꺼져! 하고 중얼거리면서.

시간이 지날수록 기온이 빠르게 떨어졌다. 날 선 바람에 볼과 귀가 떨어져 나갈 듯 아파왔다. 외투 밖으로 삐져나온 비둘기 엄마의 손도 빨갛게 얼어 있었다. 그래도 여자는 비둘기에게 모이 주는 일을 멈추지 않았다. 모이가 바닥에 어지럽게 쌓여갔다. 비둘기들은 배가 부른 듯 장난삼아 모이를 쪼아댔다. 삼킨 모이를 도로 뱉어내거나 발가락으로 헤적여놓기도 했다. 그러는 동안 비둘기들은 한 마리씩 어디론가 사라졌다. 열 마리에서 일곱 마리로, 또다시 다섯 마리로 줄어들었다. 이제는 고작 서너 마리 정도만 남아 있었다. 그런데도 여자의 팔은 쉼 없이 허공을 갈랐다. 그때마다 노란 알갱이들이 좌악 좌악 소리를 내며 바닥으로 뿌려졌다. 이미 모이엔 흥미를 잃은 비둘기들은 날개를 몸에 붙인 채 여자의 주위를 느릿느릿 맴돌았다.

그 모습을 나는 걱정스러운 눈길로 지켜봤다. 마지막 한 마리까지 사라지고 나면 비둘기 엄마는 어떻게 될까 하고. 혹시 피피의 말대로 비둘기처럼 투명해져서 사라지는 건 아닌지. 기분 탓인지 비둘기 엄마와 비둘기의 윤곽선이 조금씩 흐릿해지는 것만 같았다.

*

오늘따라 유독 눈꺼풀이 무거웠다. 벽지에 새겨진 반복된 무늬가 가장 먼저 눈에 들어왔다. 몸 어디 한구석 찌뿌둣하지 않은 곳이 없었다. 움직일 때마다 뼈마디가 덜컥거리는 느낌이었다. 나는 자리에서 일어나 서둘러 출근 준비를 했다. 대충 얼굴을 씻고 어제 벗어놓은 블라우스와 스커트를 다시 꺼내 입었다. 블라우스를 대강 스커트 속으로 밀어 넣으며 부엌으로 향했다. 쟁반을 꺼내 오빠의 아침상을 준비했다. 반찬은 주로 멸치나 콩자반, 김 같은 마른반찬류였다. 쉽게 상하거나 맛이 변하지 않는 것들이었다. 물도 한 컵 따라 쟁반 위에 올렸다. 쟁반을 양손으로 받쳐 들고 방문 앞으로 갔다. 오빠, 밥 먹어. 일부러 큰 소리로 말하며 쟁반을 내려놓았다.

오늘도 역시 아무런 대답이 없었다. 하지만 어제 친구가 보내온 문자메시지 때문인지 '혹시' '어쩌면' '설마'로 시작하는 온갖 추측들이 떠올랐다. 혹시 오빠가 방 안에 없을지도 모른다는 생각을 하며 방문 손잡이를 잡았다. 긴장감에 손바닥이 축축했다. 손잡이를 돌려 문을 열 차례였다. 하지만 웬일인지 손끝에 힘이 들어가지 않았다. 아니, 불안한 마음이 앞섰다. 정말로 오빠가 없는 텅 빈 방을 보게 될까 봐.

손에 힘을 스르르 풀었다. 그리고 주위 사람들에게 전해 들은 오빠의 모습을 상상해봤다. 반바지에 슬리퍼 차림으로 편의점에서 컵라면을 먹고 있는 모습, 약속 시간에 늦은 듯 커다란 서류 가방을 들고 허둥지둥 달려가는 모습, 조조할인 영화를 보며 텅 빈 극장에 앉아 졸고 있는 모습, 연인들로 북적이는 분수 광장에 서서 큐피드 동상을 향해 동전을 던져 넣고 있는 모습. 그 모습, 모습, 모습들을 떠올리자 조금은 마음이 놓였다.

사무실에 들르지 않고 바로 방문 조사를 나갔다. 출근 시간이 지난 거리는 한산했다. 사람들이 느릿느릿한 속도로 거리를 지나고 있었다. 그 보폭에 맞춰 시간도 천천히 흐르는 듯했다. 집에서 멀지 않은 곳으로 오늘의 첫 번째 대상자를 골랐다. 남, 33세, 배○○. 이름과 주소를 확인한 뒤 초인종을 눌렀다. 역시 이번에도 아무런 인기척이 없었다. 초인종을 누르고 문을 두드려봐도 반응이 없었다. 처음부터 일이 꼬인다고 생각하자 다리에 힘이 풀렸다.

그만 포기하고 돌아가려는데 문이 열렸다. 문틈 사이로 파리한 얼굴빛의 남자가 고개를 내밀었다. 누군가의 방문이 오랜만인지 어리둥절한 표정이었다. 나는 앞뒤 사정도 설명하지 않고 서류 봉투부터 내밀었다. 봉투 안에는 설문지와 볼펜 그리고 설문에 대한 사례로 지급하는 5만 원권 상품권 한 장이 들어 있었다. 그것을 보는 남자의 눈빛이 흔들렸다. 나는 그 틈을 놓치지 않고 문 안으로 들어갔다.

"여기와 여기, 그리고 여기에 체크하시면 돼요."

남자에게 몇 가지 주의 사항을 일러주고는 현관에 서서 기다렸다. 오래 걸은 탓에 종아리가 당겼지만 남자 혼자 있는 집에 들어갈 수는 없었다. 나는 습관적으로 집 안을 살폈다. 두 평 남짓한 집은 현관에서 대충 훑어봐도 한눈에 들어왔다. 책꽂이에 무슨 책이 꽂혀 있는지, 싱크대 위에 그릇이 몇 개인지도 알 수 있었다. 내 시선은 장판 위를 굴러다니는 생수

병과 구겨진 담뱃갑을 지나, 방 한쪽에 높게 탑을 쌓은 컵라면 용기를 지나, 한쪽 벽을 채우고 있는 온갖 자격증에서 멈췄다. 워드프로세스부터 파워포인트, 한국어능력시험, 공인중개사, 보험설계사 자격증까지. 금빛 테두리를 두른 자격증들은 똑같은 모양의 액자 속에 끼워져 있었다. 하지만 한눈팔지 않은 그의 성실함을 증명하는 수많은 자격증은 남자의 삶을 빛나게 해주지는 못한 것 같았다. 그것들은 효력을 상실한 채 점점 쓸모없어져가고 있었다.

남자는 느릿느릿한 속도로 설문지에 답을 해나갔다. 오지선다형으로 된 질문들은 어렵지 않았다. 그런데도 남자는 '매우 그렇다' '그렇다' '아니다' '매우 아니다' '잘 모른다' 사이에서 한참을 고민했다. 하품이 나올 만큼 지루했지만 나는 인내심을 갖고 기다렸다. 시계의 초침이 남자의 게으른 손가락처럼 천천히 움직였다. 한참 만에 돌려받은 설문지에는 대부분 '잘 모른다'에 표시가 돼 있었다. 앞으로 취업할 의사가 있는지도, 하고 싶은 일이 무엇인지조차 잘 모르는 것 같았다. 나는 남자의 눈을 피해 빈칸으로 남겨져 있는 개선 가능성에 0을 표시했다.

그러나 운은 거기까지였다. 다음 사람도, 그다음 사람도 만날 수 없었다. 나는 편의점 앞 파라솔에 앉아 삼각김밥으로 늦은 점심을 때웠다. 찬 밥알이 목으로 넘어가지 않고 입 안을 맴돌았다. 서류 봉투 안엔 아직 완성하지 못한 설문지들이 가득했다. 삼각김밥을 씹으며 나에게 할당된 명단을 펼쳤다. 여, 29세, 김○○. 여, 35세, 최○○. 남, 38세, 박○○. 남, 36세, 오○○. 그 명단 아래에 있는 빈칸을 보자 왠지 내가 아는 사람들의 이름도 적어 넣어야 할 것 같았다. 제대로 된 직업 없이 평생 집 나간 엄마를 찾아 이곳저곳 떠돌아다닌 아버지, 사람들의 기억에서 잊혀 이제는 자기 자신만이 유일한 독자로 남아버린 피피, 그리고 얼굴조차 볼 수 없는 가족과 함께 살아가고 있는 나까지. 명단에 적힌 사람들이나 우리나 별반 다를 게 없어 보였다. 0에 가까워지고 있거나, 이미 0이 되어버렸거나. 코끝이 찡해지는 것을 느끼며 입 안에 든 밥알을 삼켰다.

오늘은 이쯤에서 끝내는 게 좋을 것 같았다. 서류 뭉치를 옆구리에 끼고 자리에서 일어났다. 한 걸음 내딛자 다리가 휘청했다. 사무실까지는 두 정류장 거리지만 찬 바람을 쐴 겸 걷기로 했다. 거리에 서서 좌우를 살폈다. 사무실이 오른쪽 방향인지 왼쪽 방향인지 헷갈렸다. 그러다 아무래도 상관없다는 생각이 들었다. 서두른다고 해도 어차피 오늘 다 채우지 못한 할당량이 해결되는 것도 아니었다. 나는 발길이 닿는 대로 무작정 걷기 시작했다. 걸으면 걸을수록 점점 길을 잃어가고 있다는 느낌이 들었다. 비슷비슷한 모양의 커피숍과 빵집,

편의점, 약국들이 끝도 없이 이어져 같은 자리를 뱅글뱅글 돌고 있는 듯한 착각이 들었다.

　이렇게 된 이상 끝까지 가보는 수밖에 없었다. 도시는 생각보다 복잡한 구조로 이루어져 있었다. 그리고 무수히 많은 신호등을 가지고 있었다. 빨간불, 파란불에 맞춰 걷다 서다를 반복했다. 느릿느릿 직진하다 사거리에서 왼쪽으로 몸을 틀었다. 그래도 좀처럼 사무실은 나오지 않았다. 족히 서너 시간은 걸은 듯한 피로감을 느끼며 횡단보도 앞에 멈춰 섰다.

　이 새끼가 죽으려고 환장했어! 요란한 경적 소리와 함께 누군가의 욕설이 터져 나왔다. 급하게 멈춰 선 차 앞에 한 남자가 넘어져 있었다. 남자는 아무 일도 아니란 듯 자리에서 일어났다. 손으로 엉덩이에 묻은 흙을 털어내고, 운전석을 향해 고개를 숙여 사과를 하고는 유유히 길을 건넜다. 나는 남자의 뒷모습을 눈으로 쫓았다. 파마를 한 듯 곱슬거리는 머리카락도, 삼각형 모양으로 굽은 어깨도, 발밑에 스프링을 단 듯 겅정거리며 걷는 모습도 오빠와 비슷했다. 심지어 남자가 입고 있는 회색 양복도 오빠의 것과 디자인이 비슷했다. 은회색 컬러와 옷감에서 느껴지는 은은한 광택까지. 오빠의 합격을 기원하며 백화점을 다섯 바퀴나 돌아서 산 옷이라 기억이 또렷했다.

　오빠와 닮았다!

그제야 남자가 오빠일지도 모른다는 생각이 머릿속을 스쳤다. 추측은 이내 확신으로 굳어졌다. 그동안 오빠를 봤다는 사람들의 말이 모두 사실처럼 여겨졌다. 호흡이 빨라지고, 가슴이 터질 것처럼 쿵쾅거렸다.

나는 가까스로 정신을 차리고 다급히 남자를 따라 길을 건넜다. 급정거한 차들이 미친 듯이 경적을 울려댔다. 여기저기서 심한 욕설이 들려오고, 거리에 있던 사람들의 시선이 내게로 한데 모여들었다. 그래도 내 눈에는 오직 오빠의 뒷모습만 들어왔다. 길을 건너 정신없이 오빠를 뒤쫓았다. 덩달아 오빠의 걸음도 빨라졌다. 오빠는 보폭을 넓혀 성큼성큼 앞으로 걸어 나갔다. 핸드폰 대리점을, 꽃집을, 피아노 학원을 빠르게 지나쳐 갔다. 도로에 함부로 주차된 차들도, 복잡한 인파도 거침없이 뚫고 나갔다.

나는 사람들과 어깨를 부딪치며 오빠를 뒤따랐다. 어디로 갔는지 손에 들고 있던 서류 봉투가 보이지 않았다. 버스를 타기 위해 길게 줄을 선 사람들 틈을 빠져나오면서 떨어뜨린 게 분명했다. 그렇지만 지금은 그런 것에 신경 쓸 때가 아니었다. 오빠를 내 눈으로 직접 확인해야 했다. 혹시 놓칠지도 모른다는 조바심에 걸음이 빨라졌다. 거리는 좀처럼 좁혀지지 않았다. 열 걸음 따라가면 열 걸음만큼, 스무 걸음 따라가면 스무 걸음만큼 멀어졌다. 숨이 턱밑까지 차오르고, 눈앞이

어지러웠다. 이제는 서둘러 퇴근한 회사원들도, 무리 지어 가는 교복 입은 학생들도, 낮부터 술에 취해 거리를 비틀거리는 사람들도 모두 오빠처럼 보였다.

큰길에서 벗어나자 여러 갈래의 골목길이 나타났다. 앞서 걷던 오빠가 갑자기 방향을 틀어 골목 안으로 사라졌다. 해가 지기 시작한 골목엔 가로등 하나 켜져 있지 않았다. 골목은 어두컴컴하고 더러웠으며 막다른 벽에 가로막혀 있었다. 이젠 어쩔 수 없이 오빠와 마주할 수밖에 없다는 생각이 들었다. 무슨 말부터 꺼내야 할지, 긴장감에 손끝이 차가웠다.

그러나 어둠 속에서 희미하게 형체를 드러낸 골목 안엔 아무도 없었다. 높게 쌓은 담장과 녹슨 철 대문, 그리고 밖에 아무렇게나 방치된 폐가구들뿐이었다. 분명 이곳으로 들어서는 걸 봤는데. 나는 당황한 얼굴로 골목을 살폈다. 골목 안엔 달리 숨을 만한 곳도 없었다. 혹시 다른 길과 연결된 통로가 없는지 골목 끝으로 향했다. 하지만 막다른 골목이었다. 허탈한 기분으로 빈 벽을 손으로 더듬자 어디선가 구구구구 하는 비둘기 소리가 들려오는 것 같았다. 다시금 피피의 말이 떠올랐다. 비둘기가 투명해져서 사라지고 나면 허공에서 비둘기 울음소리가 들린다는.

*

서둘러 골목을 빠져나와 택시를 잡아탔다. 집으로 향하는 동안에도 자꾸만 불길한 생각들이 떠올랐다. 오빠가 사라져 방 안에 없으면 어쩌나 하고, 골목 안에서 모습을 감춘 사람이 정말 오빠면 어쩌나 하고, 그리고 투명해진 오빠에게서 비둘기 울음소리가 들려온 거라면 어쩌나 하고. 차창에 비친 불빛들 때문에 머릿속이 더 어지러웠다. 집 앞에 도착한 나는 정신없이 계단을 뛰어 올라갔다. 오늘따라 유난히 계단이 가파르게 느껴졌다. 두 칸, 세 칸씩 계단을 밟아 올라갔다.

가쁜 숨을 고르며 오빠의 방문 앞에 멈춰 섰다. 망설일 틈도 없이 손잡이를 돌려 방문을 열었다. 한곳에 오랫동안 고여 있던 공기가 한꺼번에 밀려 나왔다. 축축한 곰팡이 냄새가 날 거라는 내 예상과 달리 방 안에선 잘 마른 건초 냄새가 났다. 쨍한 공기를 들이마시면 몸 안에서 정전기가 일어날 것만 같았다.

아무도 없는 방 안은 깨끗하게 정리돼 있었다. 창문에 드리워진 빛바랜 커튼도, 책꽂이에 꽂힌 크고 작은 책들도, 네모 반듯하게 접혀 침대 위에 올려져 있는 옷가지들도 오랫동안 사람의 손길을 타지 않은 듯했다. 방 안 어디에서도 오빠가 머문 흔적은 찾을 수 없었다. 대신 책상 위에 놓인 손때 묻은 문제집 한 권이 눈에 들어왔다. 공무원 시험을 준비하던 시절, 오빠가 보던 문제집이었다. 나는 문제집을 한 장 한 장 넘겨봤다. 낱장이 전부 떨어진 문제집은 메모해놓은 파란색 글씨들로 가득했다. 동그라미를 치거나 별표를 달아놓은 것도 있었다. 하지만 이 책에 나와 있는 연습 문제로는 세상의 어떤 문제도 해결할 수 없었을 것이다. 나는 흐릿해지고 또 흐릿해지다 결국 빛 속으로 사라져가는 오빠의 모습을 상상해보았다. 희부연한 전등 빛 아래로 구구구구 하는 비둘기 울음소리가 들려왔다.

실선을 긋다

적갈색 날개가 바스러졌다. 나비는 이제 몸통만 남았다. 나비를, 아니 나비의 몸통을 내려다봤다. 손가락으로 돌돌 말은 머리카락 뭉치나 작은 동물의 배설물로 보였다. 분명 날개가 전부는 아닐 텐데, 더는 나비라는 사물의 섬세한 감촉이 느껴지지 않았다.

나는 반쯤 그리다 만 나비 그림을 양손으로 구겼다. 버석한 느낌이 나비의 날개와 다르지 않았다. 구겨버린 그림만 벌써 열 장째였다. 어떤 건 스케치가, 어떤 건 색이, 어떤 건 이유 없이 마음에 들지 않았다. 신경이 곤두서자 기침이 터져 나왔다. 쿨럭 또다시 쿨럭. 뻐근한 가슴을 쓸어내리며 시선을 창으로 옮겼다. 창밖은 온통 무채색이었다. 슬레이트그레이나

다크그레이 혹은 딤그레이 같은. 단조롭고 먹먹한 풍경을 휘
젓듯 색연필을 흐트러뜨렸다. 백 개가 넘는 색연필들이 케이
스 안에서 좌르르 소리를 내며 뒤섞였다.

*

초인종이 울렸다. 현관문에 달린 렌즈를 통해 밖을 살폈다.
볼록렌즈 안으로 낯선 남자의 얼굴이 둥글게 굴절돼 보였다.
손에 들린 상자로 봐서 퀵 배달원 같았다. 이런 날 배달이라
니. 오늘 황사는 '나쁨' 상태인 3단계를 넘어 최고 단계인 '매
우 나쁨' 상태였다. 잠깐의 외출만으로도 호흡기와 폐에 심각
한 이상이 생길 수도 있었다.

택뱁니다, 아무도 안 계세요? 부르는 소리에 나는 어쩔 수
없이 마스크를 쓰고, 문을 최소한으로만 열었다. 기다렸다는
듯 남자가 들고 있던 상자를 내밀었다. 상자 위에는 먼지가
하얗게 내려앉아 있었다. 온갖 위험한 것들이 떠올라 당장이
라도 기침이 터져 나올 듯했다. 선뜻 손이 나가지 않았다. 상
자를 받아드는 순간 치명적인 병에 걸릴 것만 같았다.

누가 보낸 것인지 알 수 없었다. 상자 겉면엔 모르는 글자
만 가득했다. 휘갈겨 쓴 알파벳 같기도 하고 의미 없는 낙서
같기도 했다. 나는 핸디형 청소기로 먼지를 빨아들인 뒤 그

위에 액체 살균제를 뿌렸다. 상자가 젖어 흐물거릴 때까지 쉬지 않고 뿌리고 또 뿌렸다. 살균제 입자가 사방으로 퍼졌다. 상자도, 거실 바닥도 온통 물기로 축축했다.

한참을 그러고 나서야 상자에 손을 댔다. 상자는 크기에 비해 가벼웠다. 그 안에 뭐가 들어 있을지 궁금해하며 뚜껑을 열었다. 그러나 상자 안에서 나온 것은 또 다른 작은 상자였다. 상자 속의 상자라니, 뭔가 꺼림칙한 기분이 들었다. 잘못 배달됐거나 누군가 장난치고 있다는 생각도 들었다. 상자를 열면 그 안에서 두 눈을 파낸 사진이나 죽은 비둘기, 아니면 잘린 손가락이라도 나올 것 같았다. 놀란 마음에 상자에서 손을 뗐지만 시선은 계속 상자로 향했다.

상자에서 나온 것은 둥근 유리병이었다. 중요한 것인지 에어 캡으로 여러 겹 감싸져 있었다. 단단히 포장된 탓에 벗기기가 쉽지 않았다. 거의 찢다시피 그것을 벗겨냈다. 힘을 줄 때마다 에어 캡의 공기 주머니가 요란한 소리를 내며 터졌다.

유리병 안은 약솜으로 가득 채워져 있었다. 불투명한 솜 때문에 안이 잘 보이지 않았다. 깨지지 않도록 조심하며 병 여기저기를 살폈다. 병 한쪽 면에 라벨이 붙어 있고, 그곳에 '독일 니더작센, 엠스란트 원자력발전소 인근 지역'이라고 쓰여 있었다. 니더작센. 들어본 적 없는 생소한 지명이었다. 나는 혀를 한껏 굴려 발음해보았다. 그러자 머릿속에 웅크리고 있던 생각 하나가 떠올랐다. 그제야 이 유리병의 정체가 무엇인지, 또 이것을 누가 보냈는지 알 것 같았다.

유리병을 보낸 사람은 신 선배였다. 그는 작은 출판사의 대표이며 책 기획자였다. 테마 시집부터 심리학 서적, 자기계발서 그리고 건강이나 인테리어 관련 실용서까지. 지금껏 많은 책을 기획했지만 크게 성공한 것은 없었다. 그런 신 선배가 얼마 전 연락을 해왔다. 용건을 물을 새도 없이 다짜고짜 재밌는 작업 한번 해보지 않겠느냐고 물었다.

나는 그 '재밌는 작업'이 뭔지 알기도 전에 당혹감부터 들었다. 사실 그와는 안다고도 그렇다고 모른다고도 할 수 없는 사이였다. 그는 대학 시절부터 친하게 지냈던 내 친구와 결혼했던 사이였다. 호칭이 마땅치 않아 선배라고 불렀을 뿐, 이런저런 자리에서 몇 번 만난 것이 전부였다. 두 사람은 진작 이혼을 했고, 이제는 그 친구와도 왕래가 없으니 모르는 사람에 가까웠다. 그런데 갑자기 전화를 걸어 같이 일을 해보자니, 나는 당혹스러워 아무 말도 할 수가 없었다.

아무런 대답이 없자 조급해진 신 선배가 목소리를 높였다. 곤충도감을 구상 중이다. 그러나 흔히 볼 수 있는 평범한 도감이 아니다. 오염 지역에서 생긴 돌연변이 곤충을 다룰 생각이다. 그들을 사진이 아닌 일러스트로 싣는 것이다. 경각심과 호기심을 동시에 불러일으킬 수 있게. 그러기 위해 최고의 곤충 일러스트레이터인 너와 함께 작업을 하고 싶다…….

곤혹스러운 기분으로 신 선배의 말을 받아냈다. 그의 말은 알 듯도 모를 듯도 했다. 곤충도감, 오염 지역, 돌연변이 같은 말들만 단편적으로 이해될 뿐이었다. 이제껏 많은 곤충을 그려왔지만 이런 제안은 처음이었다. 왕은점표범나비나 두점박이사슴벌레 같은 멸종 위기종도 아니고, 갈르와벌레나 독수리잠자리 같은 희귀종도 아닌 돌연변이라니. 그리고 그의 출판사가 운영에 곤란을 겪고 있다는 말을 전해 들은 터라 더욱 의심이 들었다.

어떻게 거절해야 할지 고민하는 사이, '꼭 하는 거다, 너만 믿는다, 계약서는 이메일로 보냈다'라는 말을 남기고 그는 서둘러 전화를 끊었다. 그의 일방적인 태도에 화가 났다. 하지만 할 수 있는 게 아무것도 없었다. 이메일을 열어 계약서에 제시된 금액을 확인하고 보니 남편 선규가 하는 여행사가 최근 어려움을 겪고 있다는 것이 떠올랐다. 이것으로 제안을 거절할 기회도, 화를 낼 기회도 모두 잃은 셈이었다.

유리병을 막고 있던 코르크를 조심스레 빼냈다. 진한 포르말린 냄새가 사방으로 퍼졌다. 코를 찌르는 역한 냄새에 머리가 아팠다. 황급히 코를 감싼 채 핀셋을 찾았다. 그것으로 유리병 안 솜들을 하나씩 꺼내기 시작했다. 눌려 있던 솜은 밖으로 나오면서 본래의 크기를 되찾았다. 공기를 머금은 솜뭉치들이 작업대 위를 어지럽게 굴러다녔다.

병에는 이제 서너 개의 솜만이 남아 있었다. 그중 커다란 솜을 들어내자 검붉은색 물체가 딸려 나왔다. 크기가 작아 눈으로는 잘 확인이 되지 않았다. 작은 곡식알 같기도 하고, 쓸모없는 이물질 같기도 했다. 좀 더 자세히 살펴보기 위해 투명 플레이트 위로 옮겼다. 조금만 힘을 줘도 으스러질 것 같아 조심스러웠다. 그것을 바닥에 내려놓은 뒤 확대경을 들이댔다. 순식간에 30배 이상 커지면서 보이지 않았던 모습들이 눈앞에 드러났다. 수없이 반복되는 육각형 무늬의 눈, 위로 곧게 뻗은 한 쌍의 더듬이, 단단히 맞물린 큰 턱과 작은 턱, 주둥이 주위에 무수히 돋아난 털. 그건 분명 잠자리였다.

하지만 뭔가 이상했다. 있어야 할 몸통과 다리, 날개가 보이지 않았다. 포르말린 냄새에 이마를 찌푸리며 눈을 뜨게 뜨고 확대경을 들여다봤다. 머리와 연결된 까만 혹 하나가 눈에 들어왔다. 잠자리의 몸 같았다. 그러나 몸이라 하기엔 형체도 없고 크기도 너무 작았다. 머릿속으로 모두 흡수되고 남은 찌꺼기처럼 보였다. 지금이라도 머리를 가르면 한데 뭉쳐져 있던 몸통과 날개가 쏟아져 나올 것 같았다. 상상만으로도 끔찍했다.

병 바닥엔 아직 무언가가 남아 있었다. 나는 감각 없는 손으로 핀셋을 집어 병 속에 넣었다. 물체가 핀셋 끝에서 자꾸만 달아났다. 집었다 놓치길 반복했다. 횟수가 늘어갈수록 손에서 힘이 점점 빠져나갔다. 결국 유리병을 들고 거꾸로 쏟았다. 물체가 밖으로 튕겨져 나왔다. 검붉은색 물체는 모두 세 개였다. 나란히 늘어놓은 물체 위에 확대경을 가져다 댔다. 전부 잠자리였다. 그중 하나는 꼬리가 잔뜩 휘어져 있었고, 하나는 날개가 파리만큼 작았으며, 나머지 하나는 머리와 몸통이 한데 붙어 구분이 가질 않았다.

포르말린 냄새를 오래 맡은 탓인지, 갑자기 심한 어지럼증을 느끼며 눈앞의 사물들이 일렁이기 시작했다. 작업대 표면이 거대한 물결을 이루더니 그 위에 놓인 잠자리 표본과 그림 도구들이 덩달아 살아 움직이는 느낌이 들었다. 잠자리 머리가 하늘 높이 치솟았다가 이내 바다 깊숙이 가라앉았다. 그 반복된 움직임에 더 이상 참지 못하고 눈을 감았다. 깜깜한 어둠 속, 요란한 잠자리의 날갯짓 소리가 쉼 없이 들려왔다.

*

소파에서 눈을 떴다. 언제 왔는지 선규가 눈앞에 서 있었다. 그는 아직 겉옷도 벗지 않은 채였다. 낮에 배달되어 온 상자처럼 그의 어깨 위에도 먼지가 하얗게 내려앉아 있었다. 또

다시 목구멍이 따끔거렸다. 그가 다가와 인사 대신 나의 머리를 쓰다듬었다. 나도 모르게 눈살을 찌푸렸다. 어깨 위의 먼지가 신경 쓰였다. 남들에게는 보이지 않는 작은 먼지가 내 눈에는 확대경을 들이댄 듯 열 배 스무 배 도드라져 보였다. 할 수만 있다면 살균제로 가득 채운 욕조에 그를 통째로 담그고 싶었다.

그런 나의 마음을 알아챘는지 선규는 화장실로 향했다. 또 신경과민증이라고 말하고 싶겠지. 화장실로 향하는 그의 뒷모습을 바라보며 생각했다. 곧이어 수도꼭지를 틀고, 건성으로 비누칠을 하고, 대충 물로 헹궈내는 그의 모습이 그려졌다. 손을 씻고 밖으로 나오기까지는 채 1분도 걸리지 않았다. 손의 물기를 털며 나오는 선규의 얼굴에 짜증이 묻어 있었다. 그래도 그에게 밖이 얼마나 더럽고 위험한 곳인지 알려주고 싶었다. 왜 내가 1년째 밖에 한 발짝도 나가지 않는지도.

하지만 선규는 그런 것에는 관심조차 없었다. 주로 중국인을 상대하는 여행 가이드로 일하는 그는 여행객들이 원한다면 어디든 달려갔다. 시야를 가리는 뿌연 모래 먼지도, 숨 막히는 도시의 매연도, 또 눈에 보이지 않는 수많은 해로운 것들도 조금도 신경 쓰지 않았다. 도시의 유명 관광지와 쇼핑 거리와 핫 스폿으로 떠오른 골목골목들을 무방비한 상태로 온종일 돌아다녔을 그의 모습을 떠올리자 마치 위험을 감지

한 촉수처럼 온몸에 소름이 돋아났다.

선규가 나의 손을 이끌고 침대로 향했다. 손은 아직 축축했다. 내키지 않았지만 그의 손에 남아 있을 해로운 것들을 상상하며 방으로 들어갔다. 암막 커튼을 치지 않아도 대기를 가득 채운 모래 먼지 때문에 한밤중처럼 어두웠다. 아이를 잃은 뒤 나는 성욕을 모두 잃었지만 선규는 어쩌다 한 번씩 섹스를 원했다. 별다른 대안이 없기에 나는 저항을 하지 않고 순순히 따랐다. 하지만 언제나 그와의 섹스는 무덤덤하고 씁쓸했다.

그가 블라우스의 단추를 하나씩 풀어나갔다. 벌어진 앞섶 사이로 횅한 가슴뼈가 드러났다. 뼈만 남은 가슴 위에는 까만 젖꼭지만 생경하게 도드라져 있었다. 처진 가슴은 손으로 그러모아도 번번이 허물어졌다. 나는 선규의 품에 안긴 채 조심스레 몸을 뒤틀었다. 얼굴과 목에 닿는 혀의 감촉 때문도, 귀를 간질이는 숨결 때문도 아니었다. 계속되는 기침을 참기가 힘들었다. 기침은 가슴 깊숙한 곳에서 터져 나왔다. 쿨럭, 하고 기침을 할 때마다 배가 등으로 들러붙으며 가슴뼈가 죄어들었다. 몸 전체가 거대한 울림통처럼 웅웅댔다. 끝내 사정은 이뤄지지 않았다. 기침 소리가 반복될수록 선규의 페니스가 잦아들었기 때문이다.

미안한 마음이 들었지만 어쩔 수 없는 일이었다. 나는 조용히 방을 빠져나와 라디오를 켰다. 잠깐의 전파음이 들린 뒤, 기상 캐스터의 목소리가 나왔다. 오늘의 공기질 수치는 '매우 나쁨' 단계로, 일부 지역에서는 평균 수치의 열 배가 넘는 1세제곱미터당 1500마이크로그램을 넘어서는 기록적인 수치를 보였습니다. 아황산가스 0.008피피엠, 이산화질소 0.035피피엠, 일산화탄소 0.7피피엠, 오존 0.120피피엠…… 재빨리 머릿속으로 그래프를 그렸다. 마이크로그램이 뭔지, 피피엠이 뭔지 알 수 없었고, 각각의 수치들이 어느 정도인지 정확히 알 수 없었다. 다만 어제보다 오늘이 더 위험해졌음을 직감할 뿐이었다.

공기질 수치 안내가 끝나고 곧바로 일기예보가 이어졌다. 하루 종일 날이 흐리고 바람이 불겠습니다. 바람에는 중금속이 포함된 모래 먼지가…… 거기까지 듣고 라디오를 껐다. 굳이 날씨를 알아야 할 이유가 없었다. 아이를 잃고 난 뒤 지난 1년간 한 번도 외출을 한 적이 없었다. 필요한 물건이 있으면 배달을 시켰고, 일도 이메일을 주고받으며 집에 마련한 작업실에서만 했다. 아침에 집에서 눈을 떠 온종일 집에 머물다가 밤이 되면 다시 집에서 잠이 들었다.

곤충을 주로 그리는 일러스트레이터로 주목받던 시절, 그때는 나도 희귀한 곤충을 찾기 위해서라면 가지 않는 곳이 없었다. 폐수 유출로 오염된 강이나 중금속 수치가 기준치의 몇

배에 달하는 공장 지역, 가축의 분뇨 냄새가 진동하는 목장 지대, 석면으로 오염된 폐광, 머리가 아플 정도로 매연 냄새가 진동하는 지하철 환풍구, 온갖 벌레들이 들끓는 하수처리장까지.

그곳들을 떠올리자 잠잠했던 기침이 다시 터져 나왔다. 가까스로 기침을 참으며 아랫배를 감싸 쥐었다. 안이 텅 빈 것처럼 뱃가죽이 쪼그라드는 느낌이었다. 울컥한 기운이 식도를 타고 올라왔다. 두 눈과 목구멍도 뜨거워졌다. 모두가 아니라고 했지만, 그건 내 잘못이 분명했다. 그때 몸에 닿았던 흙이, 마셨던 공기가, 만졌던 물이 배 속의 아이를 해롭게 했을 것이었다. 엄마의 목소리를 들을 두 귀를, 안아달라 조를 두 팔을, 품으로 걸어 들어올 두 다리를 제대로 갖추지 못한 아이는 채 여섯 달을 채우지 못하고 자궁 안에서 숨이 끊어지고 말았다.

*

또다시 상자가 배달되어 왔다. 이것으로 유리병은 모두 열다섯 개로 늘어났다. 제멋대로인 신 선배의 태도에 화가 났다. 상자에 붙은 테이프를 거칠게 떼어냈다. 상자 안은 온통 흙투성이였다. 사이사이 마른 잡풀도 섞여 있었다. 다급히 상자에서 손을 뗐다. 상자가 바닥으로 떨어지며 유리 깨지는 소리가 났다.

나는 상자를 그대로 둔 채 화장실로 달려갔다. 몸 곳곳이 간지럽고 당장에 기침이 터져 나올 것 같았다. 가까스로 기침을 참으며 수도꼭지를 틀었다. 숨 쉴 틈 없이 손에 비누 거품을 잔뜩 묻혔다. 손바닥과 손등은 물론이고 손가락 사이사이, 마디에 난 주름 하나하나까지 꼼꼼히 닦았다. 손등이 벌겋게 부어올랐지만 멈추지 않았다. 깨끗한 손에 비누 거품을 묻히고 또 묻혔다. 그런데도 안심이 되지 않았다. 양손 가득 더러운 세균이 우글댈 것 같았다. 나는 욕실 선반에서 살균제를 꺼내 세면대에 부었다. 역한 알코올 냄새가 나는 액체에 손을 담갔다. 알코올의 시린 기운이 손끝을 파고들었다.

더 이상 참을 수가 없었다. 핸드폰에 저장된 신 선배의 전화번호를 찾았다. 신호가 길게 울렸다. 몇 번의 신호음이 울린 뒤 지금은 고객님의 사정으로 수신이 거부된 상태입니다, 하는 안내 멘트가 흘러나왔다. 순간 머릿속이 어지러웠다. 그가 장난을 치고 있는 게 분명했다. 그러지 않고서야 사람을 이렇게 난처한 상황에 던져놓을 수는 없었다.

나는 그동안 연락이 끊겼던 친구에게도, 그리고 그와 알고 지내는 주변 지인들에게 행방을 수소문해보았지만 대부분 그의 소식에 대해서 알지 못했다. 그중 누군가에게서 출판사는 경영 악화로 문을 닫게 될 지경이며 그는 신용불량자가 되었다는 소식을 들을 수 있었다. 책상 위의 유리병을 모두 꺼내 쓰레기통에 버리려고 하는 그때, 핸드폰에서 알림음이 울렸다. 신 선배에게서 온 문자메시지였다.

—도감은 어떻게든 진행할 거니까, 걱정 마.

비닐장갑을 끼고 흙투성이 상자를 열었다. 금이 갔을 뿐 다행히 유리병은 깨지지 않았다. 금이 간 유리병을 책상에 세웠다. 그 위에는 먼저 배달되어 온 유리병들로 가득했다. 유리병은 크기도 내용물도 제각각 달랐다. 그러나 정상적인 모습을 가진 것은 하나도 없었다. 머리와 꼬리의 위치가 뒤바뀐 입벌레, 오른쪽과 왼쪽 날개의 크기가 확연히 다른 나비와 나방, 머리가 두 개 달려 몸통이 비좁아 보이는 파리, 탈피가 반만 진행된 나비의 애벌레, 집게 없는 사슴벌레, 앞다리 없는 사마귀 등등. 어떤 건 한데 엉키고 일그러져 본래의 모습을 알아보기 힘든 것도 있었다. 그것들의 모습이 매일 방송되는 공기질 수치보다 더 위협적으로 느껴졌다. 날개가 찢기고, 다리가 잘리고, 몸통이 녹아내릴 만큼 밖이 위험하다는 증거였다. 유리병 속의 곤충들이 절대 밖으로 나오지 말라는 경고를 보내오는 것 같았다.

유리병 하나하나를 살피다 한곳에 시선을 멈췄다. 가장 먼저 배달되어 온 유리병이었다. 너라도 일이 있어 다행이야, 하는 선규의 말이 떠올라 어쩔 수 없다는 생각이 들었다. 되는대로 그림을 그려 신 선배에게 보내고 나면 다시는 택배 상자를 받는 일도 없을 것이었다. 그렇게 생각하니 한결 마음이 편했다.

나는 한동안 쓰지 않던 연필을 찾았다. 작업대 위는 그림을 그릴 때 쓰는 마커와 펜, 색연필, 물감, 파스텔들로 어지러웠다. 한참 만에 연필을, 또 그 시간만큼 걸려 스케치북을 찾았다. 주로 타블렛이나 일러스트레이터 프로그램을 사용하지만 초안을 잡을 때만큼은 직접 손으로 그렸다. 연필을 잡기 전, 깍지 낀 손을 앞으로 뻗었다. 손 마디마디가 단단하게 뭉쳐 있었다. 가볍게 손을 풀며 앞에 놓인 유리병을 들여다봤다. 병 바닥에 놓인 세 개의 잠자리 머리가 보였다. 작고 둥근 검붉은 물체들. 잠시 망설이다 코르크 마개를 열었다. 한 달이 지났는데도 여전히 포르말린 냄새가 강하게 풍겼다.

핀셋으로 조심스레 잠자리 머리 하나를 꺼냈다. 긴장감에 손끝이 뻣뻣했다. 하지만 문제는 이제부터 시작이었다. 그림을 어떻게 그려야 할지 아무것도 떠오르지 않았다. 보이는 그대로 그려야 할지, 아니면 상상력을 발휘해야 할지. 신 선배가 말한 경각심과 호기심 중 어느 것 하나 제대로 표현해낼 자신이 없었다.

생각을 잠시 미루고 그림을 그리기 시작했다. 확대경에 비친 모습 하나하나를 종이 위에 옮겨나갔다. 먼저 두 개의 커다란 원 사이에 작은 원 하나를 겹쳐 그렸다. 세 개의 원만으로도 어느 정도 느낌이 살았다. 그다음으로 잠자리의 눈을 그렸다. 4H 연필로 큰 원 안에 육각형 무늬를 채워나갔다. 진짜에 가깝도록 세밀하게 그렸다. 무수히 많은 육각형 무늬들이 빠르게 생겨났다. 손마디가 저렸지만 멈추지 않았다. 어떤 것은 안에 색을 채우고 어떤 것은 빈 채로 그냥 두었다. 눈에 음영이 생기자 한결 생동감이 있어 보였다.

쉬지 않고 세 개의 홑눈과 더듬이도 그려 넣었다. 턱 주위를 뒤덮고 있는 잔털을 그리는 것으로 그림은 완성됐다. 그림 속 잠자리는 금방이라도 살아 움직일 듯 보였다. 하지만 나는 조금도 만족스럽지가 않았다. 흠잡을 데 없는 그림이었지만 가장 중요한 것이 빠져 있었다. 날개와 몸통의 부재가 느껴지지 않았다. 그림은 잠자리의 머리를 그린 세밀화, 그 이상도 이하도 아니었다. 잠시 망설이다 그림을 구겼다. 손바닥에서 마른 잎 부서지는 것 같은 버석한 느낌이 났다.

등 뒤에서 시선이 느껴졌다. 뒤를 돌아보니 선규였다. 그는 방문에 기대서서 나를 지켜보고 있었다. 뭔가 딴생각에 빠진 듯 나의 시선을 알아차리지 못했다. 왠지 감시당하는 것 같아 기분이 좋지 않았다. 앞으로 작업할 때는 문을 꼭 잠가두어야겠다는 생각을 하며 자리에서 일어서려는데 선규의 옷이 눈에 들어왔다.

급히 입었는지 셔츠의 왼쪽 깃이 안으로 말려 들어가 있었다. 단지 한쪽 깃이 없을 뿐인데 몸의 중요한 부분이 없는 것처럼 허전했다. 다가가 셔츠 깃을 꺼내주려다 그만두었다. 갑자기 엉뚱한 생각이 떠올라 사라진 한쪽 깃을 그려주기로 했다. 나는 선규를 향해 연필을 들었다. 그리고 허공에다가 다림질을 한 듯 빳빳한 깃을 그렸다. 눈에 보이진 않지만 그 안에 체크무늬도 그려 넣었다. 실제 깃과 상상 속 깃을 한쪽씩 매단 선규가 그제야 알아챈 듯 어리둥절한 표정으로 나를 쳐다봤다.

그때 머릿속에 뭔가가 떠올랐다. 뭔가의 부재를 보여주기 위해선 그림을 그리지 않는 것이 아니라 그려야 한다는 것을. 실제로 없는 것이니 실선보다는 점선으로. 나는 구겨버린 그림을 다시 펼쳤다. 종이 전체가 구깃구깃했다. 구김 때문에 잠자리의 표정이 일그러져 보였다. 손바닥으로 종이를 대강 펴고 연필을 들었다. 숨을 크게 들이마신 뒤, 점선을 그려 넣기 시작했다. 선이 매끈하게 이어지지 않고 비뚤거렸다. 그래도 멈추지 않고 작업을 계속했다. 세밀하게 그려진 잠자리 머리 아래에 타원형의 가슴을, 마디마디가 이어진 긴 배를, 그리고 가슴에서 뻗어 나온 앞날개와 뒷날개를 점선으로 만들어 붙였다.

*

　열여섯 번째 상자와 열일곱 번째 상자가 연이어 도착했다. 앞으로 얼마나 많은 상자들이 도착할지 이제는 그것을 열어 보는 것조차 두려웠다. 스무 개, 서른 개, 아니면 수를 셀 수 없을 만큼 많을지도 몰랐다. 이미 작업대 위는 더 이상 빈 공간이 없었다. 유리병이 하나씩 늘어날 때마다 불안함도 함께 커졌다. 위험에 무방비한 상태로 노출되고 있다는 느낌에 견딜 수가 없었다.

　나는 집 안의 틈새란 틈새는 모두 실리콘으로 막았다. 식기나 그림 도구 같은 물건들은 항시 살균해서 사용했으며, 음식은 뭉그러질 때까지 오래 익힌 후에야 먹었다. 심지어 그림 그리는 종이 위에도 살균제를 뿌려야 안심이 됐다. 집 안에서 유일하게 마음을 놓을 수 없는 것은 선규였다. 그는 여전히 밖에서 온갖 위험한 것들을 묻혀 왔다. 때론 옷 위에 하얀 먼지를, 때론 코를 감싸 쥘 만큼 지독한 악취를, 때론 신발에 뒤범벅이 된 진흙을, 때론 뭔지 모를 이물질을.

　나는 작업대 앞에 앉아 어제 그리다 만 그림을 그렸다. 작업은 빠른 속도로 진행됐다. 그림을 완성한 뒤 이제껏 그린 그림들을 한 장씩 넘겨보았다. 곤충의 모습을 세밀화로 그린 뒤 나머지 부분을 점선으로 채운 그림들이었다. 어떤 건 머리가, 어떤 건 날개가, 어떤 건 가슴이, 어떤 건 다리가 점선으로 이어져 있었다. 그리고 어떤 건 몸의 대부분이 점선으로 이루어진 것도 있었다.

어깨가 뻣뻣하게 굳어왔지만 작업을 계속했다. 새 스케치북을 펴고 이번엔 사마귀의 몸통에 앞다리를, 사슴벌레의 머리에 커다란 집게를 점선으로 그려 넣었다. 하지만 시간이 지날수록 점점 마음이 편치 않았다. 기이하게 생긴 곤충들을 볼 때마다 배 속에 있던 아이의 모습이 떠올랐기 때문이다. 부재한 두 귀와 두 팔과 두 다리를 가진 모습이. 그러나 한시라도 빨리 작업을 끝내기 위해 애써 마음을 가다듬고 그림 뒷면에 필요한 정보를 써넣었다. 곤충의 종류와 학명, 채집된 장소와 날짜 그리고 그림이 완성된 날짜까지.

그런데 무심코 써 내려가던 손을 멈췄다. 채집 장소가 중랑천 인근이었다. 이상한 생각이 들어 다시 한번 병에 붙은 라벨을 확인했다. 분명 라벨엔 '중랑천'이라고 쓰여 있었다. 집에서 중랑천까지는 걸어서 채 30분도 되지 않는 거리였다. 다른 나라도, 다른 지역도 아닌 무척 가까운 곳에서 채집된 것이라는 사실이 믿기지 않았다.

나는 다른 유리병들에 붙은 라벨도 일일이 확인했다. 십몇

년 전 원전사고가 났던 후쿠시마의 작은 마을과 산업폐기물이 흘러들어 강이 온통 붉은빛으로 변해버린 헝가리의 작은 도시, 공해 구름으로 뒤덮여 하늘이 보이지 않는다는 중국의 공장 지역도 있었다. 위험이 코앞까지 와 있다는 생각이 들자 불안해서 견딜 수가 없었다. 유리병 속 곤충들처럼, 생명이 꺼져버린 내 아이처럼 나 역시 끔찍한 모습으로 변할지도 모른다는 생각이 들었다. 팔도 다리도 없이 눈알만 데룩데룩 굴리고 있는 나를 상상하자 소름이 끼쳤다.

그러자 다시 기침이 터져 나왔다. 기침을 할 때마다 갈비뼈가 툭툭 부러져 나가는 것 같았다. 통증에 숨조차 제대로 쉴 수가 없었다. 나는 갈비뼈를 감싸 쥔 채 살균제가 든 분무기를 찾았다. 기침을 할 때마다 손에 들린 분무기 속 액체가 요동쳤다. 나는 눈에 보이는 모든 것에 살균제를 분사했다. 커튼과 소파에도, 텔레비전과 오디오에도, 침대 시트와 쿠션에도, 옷장 속에 걸어둔 철 지난 외투에도, 집 안에 유일하게 살아남은 선인장 화분에도, 먹다 남은 과일과 식빵에도 살균제를 뿌렸다. 사방이 독한 알코올 냄새로 진동해 머리가 어지러웠다.

나는 비틀거리는 걸음으로 작업실로 향했다. 살균제 때문에 바닥이 온통 미끄러웠다. 몇 번이나 넘어질 뻔하며 가까스로 작업실에 닿았다. 나란히 늘어선 유리병들이 보였다. 커다란 쓰레기봉투에 그것들을 한데 쓸어 담았다. 유리와 유리가 부딪치면서 요란한 소리가 났다. 보조 테이블 위에 올려둔 것까지 하나도 남김없이 쓰레기봉투에 담았다. 날개 없는 잠자리도, 집게 없는 사슴벌레도, 앞다리 없는 사마귀도 모두 봉투 안으로 쓸려 들어갔다.

그때 현관문이 열리고 선규가 집 안으로 들어섰다. 낮 시간 동안 어디를 돌아다녔는지 모습이 엉망이었다. 머리와 어깨 위엔 하얀 먼지가 그득했고, 바짓단은 흙투성이였다. 그도 언젠가 유리병 속에 든 곤충들처럼 변해버릴 것만 같았다. 흉물스럽게 머리만 남은 모습, 눈 코 입 없이 얼굴이 밋밋한 덩어리로 남은 모습, 머리와 몸통만 있고 팔다리가 사라진 모습, 허리 아래가 몽땅 달아나버린 모습. 그런 모습 모습들을 떠올리자 기침이 터져 나왔다. 연이은 기침에 온몸의 뼈가 전부 들뜬 것 같았다. 나는 분무기를 손에 꼭 쥔 채 거실로 발을 내딛는 선규를 향해 살균제를 뿌렸다. 어떤 위해한 물질보다도 가장 위협적인 것이 선규라는 생각이 들자 더 이상 가만히 있을 수가 없었다.

"미쳤어? 지금 뭐 하는 짓이야?"

"당신 눈에는 이 더러운 것들이 안 보여?"

"살균제가 몸에 더 해로운 거 몰라!"

하지만 나는 멈추지 않고 살균제를 뿌렸다. 선규가 황급히 손으로 얼굴을 가렸지만 역부족이었다. 이미 그의 눈과 코와 입은 살균제로 범벅이 됐다. 그가 뒤로 한 발 물러서며 그만하라고 소리쳤다. 하지만 나는 멈추지 않고, 더 빠르게 더 많은 양의 살균제를 분사했다. 어쩌면 아이가 잘못된 것도 내가 아니라 선규의 탓일지도 모른다는 생각이 들었다. 그의 위험에 대한 불감증이, 무신경하고 조심성 없는 태도가 아이를 그렇게 만들었는지도. 그러자 유리병들처럼 눈앞에서 당장 그를 치워버려야겠다는 마음이 들었다. 나는 살균제를 피하기 위해 두 눈을 꼭 감고 허공을 향해 팔을 내젓고 있는 그에게 가까이 다가가 두 손으로 어깨를 힘껏 밀쳤다.

앞이 잘 보이지 않는 선규가 중심을 잃고 쓰러졌다. 그의 등이 현관문에 세게 부딪쳤다. 그는 정신이 없는지 신음조차 내지 못했다. 나는 기회를 놓치지 않고 재빨리 현관문을 열었다. 지난 1년간 한 번도 만진 적이 없던 문이었다. 그가 현관문 밖으로 떠밀리며 넘어졌다. 바닥에 쓰러진 그와 눈이 마주쳤다. 충격, 당혹, 놀람 등의 감정이 그의 얼굴에 빠르게 스쳐갔다. 하지만 구겨버린 그림처럼 그의 표정에서 아무것도 읽고 싶지 않았다. 나는 조금의 망설임도 없이 문을 닫아버렸다.

누군가 볼륨을 줄인 듯 사방이 조용했다. 가슴을 울리던 기침도, 현관문을 두드려대던 선규도 이제는 잠잠해졌다. 힘든 하루를 보낸 탓에 기운이 없었다. 다리가 풀려 서 있기조차 힘들었다. 가까스로 거실로 나와 불을 켰다. 어둠이 걷힌 거실은 참담했다. 깨진 유리 조각과 무엇을 그렸는지 알 수 없게 되어버린 찢긴 그림들, 선규의 가방에서 쏟아져 나온 잡동사니로 바닥은 온통 어지러웠다. 현관에는 미처 챙기지 못한 그의 운동화 한 짝이 뒤집힌 채 놓여 있었다.

역시 낮과 다를 것 없는 밤이 되었다. 어둠에 가려져 보이지 않을 뿐, 여전히 창밖에는 모래바람이 불고 있을 것이었다. 나는 잠을 이루지 못하고 작업실로 갔다. 작업대 앞에 앉아 백 개가 넘는 색연필들을 하나하나 케이스에 정리했다. 그러고는 가지런히 정리된 색연필을 이쪽에서 저쪽으로 저쪽에서 이쪽으로 촤르르 촤르르 반복해서 손바닥으로 쓸다가 탁 내리쳤다. 색연필 한 개가 튀어나와 바닥으로 굴러떨어졌다. 잠시 그대로 멈춰 그것을 내려다봤다.

마지막으로 그리고 싶은 그림이 떠올랐다. 나는 한쪽에 치워두었던 스케치북을 펼쳤다. 머릿속으로 그려볼 때보다 더 세밀하게 아이의 모습을 떠올렸다. 그리고 초안을 잡을 때면 늘 그래왔듯이 연필을 찾았다. 바닥에 떨어진 색연필이 다시 눈에 들어왔다. 파란색이었다. 나는 팔을 뻗어 색연필을 집었다. 그리고 곧바로 아이의 모습을 그려나가기 시작했다. 마침내 아이의 모습이 완성되고, 이제 부재했던 부분을 점선으로 그릴 차례였다. 하지만 나는 손에 힘을 주고 이번엔 점선이 아닌 실선을 긋기 시작했다. 내가 꿈꾸던 아이의 두 귀와 두 팔과 두 다리를 거침없이 그려나갔다. 실선으로 채워진 아이는 살아 움직이는 듯했다. 나는 결코 완성하지 못할 도감의 첫 장에 아이의 그림을 꽂아두었다. 이것으로 충분했다.

오늘의 기원

나는 70일령의 생을 살고 죽는다. 모두에게 똑같은 시간이 주어지는 것은 아니다. 누군가에게는 그보다 더 짧은 생이, 누군가에게는 그보다 더 긴 생이 주어진다. 나에게는 70일령의 생이 주어졌고, 오직 그 시간으로만 나의 가치와 쓸모가 정해졌다. 그것에 대해 아쉬워해본 적은 없었다. 나의 시간은 물리적으로 계산할 수 있는 단순한 것이 아니었다. 씨앗으로부터 거대한 것이 자라나듯, 거대한 것이 압축되어 내가 만들어졌기 때문이다. 그러므로 하루의 삶 속에는 전부 기록될 수 없을 만큼의 방대한 기억이 담겨 있으며 나의 부리에도 발톱에도 날개에도 각각의 생이 존재했다.

이 비밀을 알려준 것은 나의 엄마의 엄마의 엄마라고 했다.

엄마는 내가 아무런 형태도 갖추지 못한, 얇은 막으로 둘러싸인 점액 상태일 때부터 나의 기원에 대해 들려주었다. 그것은 소리가 아닌 진동으로 전달되어 내 안에 작은 일렁임을 만들었다. 그 진동에 반응하듯 심장이 생겨나고, 첫 박동이 시작되었다. 어쩌면 나에게 생을 준 것은 엄마의 목소리일지도 몰랐다. 엄마의 이야기를 들으며 심장은 점점 강하게 뛰었고, 머리와 가슴의 경계가 생겨났으며, 몸으로부터 두 날개가 갈라져 나왔다. 그렇게 지난 생의 기억을 간직한 채로 나는 껍질을 뚫고 세상 밖으로 나올 수 있었다.

그날은 70일령 생애 첫날이었다.

엄마의 엄마의 엄마의 말에 의하면 우리의 조상은 수억 년 전 이 지구에 존재했다. 그들은 모든 생명체 중에 가장 거대하며, 가장 강력한 포식자였다. 먹이사슬의 최정점에 있던 그들 중에는 몸길이가 수십 미터에 달하고 무게가 수십 톤이나 되는 것도 있었다. 이 땅의 주인으로 살아 있는 모든 것을 지배했으며 날카로운 이빨과 발톱으로 땅과 하늘에 사는 짐승들을 사냥했다. 타조처럼 강하고 빠른 다리로 초원을 내달리며 먹잇감을 낚아챘고, 등에 커다란 가시 돛을 달고 늪을 헤엄치며 물고기를 잡아먹기도 했다. 한때 그들은 모든 땅 위에 존재했으며 모든 땅 위에 가장 힘 있는 존재였다.

처음에는 그 말을 믿지 않았다. 세상의 어떤 이야기들은 꾸며내어지기도 하니까. 하지만 엄마는 나를 부드럽게 끌어당겨 품에 안으며 그들 모두가 우리의 조상은 아니라고 했다. 그중에는 유독 하늘을 날고 싶어 하는 것들이 있었다. 그들은 공중에 몸을 띄우기 위해 뼈 속을 비워내고 가슴에 커다란 공기주머니를 만들었다. 또한 바람을 타기에 적당하도록 깃털로 온몸을 덮었고 무게를 줄이기 위해 날개를 제외한 모든 것을 작아지거나 사라지게 만들었다. 그것은 세상이 완전히 바뀌고, 또다시 바뀔 만큼 아주 오랜 시간에 걸쳐 천천히 이루어졌다. 엄마는 내가 몸집에 비해 터무니없이 작은 발과 발톱을 가지고 있는 것도 그때 퇴화한 흔적이라고 했다.

내가 태어나고 자란 에덴농장은 최신식 시설을 갖춘 곳이었다. 하루 두 번, 정해진 시간에 맞춰 자동으로 사료와 물이 공급되었다. 자동 센서가 있어 빛의 세기와 온도를 저절로 조절했고, 대형 서큘레이터가 농장 구석구석까지 신선한 공기를 순환시켰다. 나는 컨베이어 장치에서 쏟아져 나온 사료를 쪼며 나의 부리에 대해 생각했다. 지금처럼 작고 단단한 모양으로 바뀌기까지의 시간을 상상하자 신기하게도 농장에서의 삶이 더 이상 지루하지 않게 느껴졌다.

에덴농장이라는 이름처럼 닭들의 천국이라고 불리는 농장은 넓고 쾌적했다. 하지만 나는 농장 밖의 세상이 궁금했다. 곳곳에 뚫린 환풍구를 통해 보이는 회색 시멘트가 깔린 넓은 마당과 가끔 농장을 구경하기 위해 방문하는 사람들이 머물다 가는 단층 건물이 내가 아는 세상의 전부였다. 하지만 나의 부리는 그렇지 않았다. 수억 년의 시간 동안 세상의 모든 하늘과 땅을 거쳐 이곳 농장까지 오게 된 것이었다. 나는 언젠가 지구 반대편에 있는 섬에서 따 먹었을 이름 모를 열매의 맛을 상상해보았다.

혼자 상상에 빠져 있느라 나는 제대로 사료를 먹지 못하고, 물을 마시지도 못했다. 하지만 모두가 그런 것은 아니었다. 농장 안의 닭들은 자신에게 주어진 생이 고작 70일령이라는 사실조차 알지 못했다. 그들에게도 엄마가 있었지만, 그들의 엄마는 우리가 어떤 시간을 거쳐 오늘을 이르렀는지에 대해 아무것도 말해주지 않았다. 대신 농장 안에 볕이 잘 드는 곳이 어디인지, 모래 목욕을 하거나 깃털 사이에 숨어 있는 기생충을 골라내 몸을 청결히 하는 법만을 가르쳤다.

자신의 용도를 알지 못하는 닭들은 도축되기 직전까지, 살을 찌우기 위해 쉬지 않고 먹어댔다. 영양가 있는 사료와 깨끗한 물은 충분했는데도 더 많은 것을 차지하려고 자리다툼이 일어났다. 서로를 부리로 쪼고 발톱으로 할퀴느라 꽁지깃이 빠지고 날개가 찢어져 피가 나기도 했다.

소란을 피해 구석진 자리로 옮겼다. 볕이 들지 않아 바닥에 깔린 건초가 축축하게 젖어 있었다. 더 이상 사료를 먹는 일에 흥미가 생기지 않았다. 나는 엄마에게 농장 안의 닭들처럼 살지 않고, 좀 더 의미 있는 시간을 보내고 싶다고 말했다. 하지만 엄마는 그들 역시 행복하게 살아가고 있으며, 충분히 가치 있는 삶이라고 했다. 그리고 이곳 농장에서 지내는 것만으로도 운이 무척 좋은 편에 속한다고 말해주었다.

다른 농장들은 가축을 사육하는 곳이 아니라 공장에 가까웠다. 그곳에는 넓은 사육장 대신 가로세로 30센티미터짜리 케이지가 벽면에 층층이 쌓여 있었다. 하나의 케이지에 두세 마리의 닭들이 갇혀 살을 찌우거나 알을 낳았다. 서로 상처를 내는 것을 막기 위해 부리를 잘린 닭들은, 불결한 환경 탓에 피부병에 걸려 깃털이 모두 빠지거나 그보다 더 끔찍한 병에 걸리기도 했다.

그들은 태어나서 한 번도 땅을 밟아본 적이 없다고 했다. 나는 생의 처음과 마지막 순간을 모두 한자리에서 맞는다는 것을 상상할 수 없었다. 그들의 삶과 죽음은 시간이 아닌 무게로 결정되었다. 1.5킬로그램에 도달할 때까지를 살고, 1.5킬로그램에 도달하면 죽음을 맞았다. 그것은 육질이 가장 연하고, 고기 맛이 좋은 무게였다. 아직 성계가 되지 못한 어린 닭들의 무게가 1.5킬로그램이었다. 성장이 빠른 닭들은 조금 일찍, 성장이 느린 닭들은 조금 늦게 도축장으로 향했지만 마지막이 크게 다르지는 않았다. 하지만 나는 그들에게 삶다운 삶이 존재하지 않는다는 것보다 자신에게 주어진 시간이 얼마인지조차 모르고 살아간다는 사실이 더 안타까웠다.

첫 털갈이를 시작했을 때처럼 엄마는 나의 깃털을 정성껏 골라주었다. 왠지 편안한 기분이 들면서 졸음이 쏟아질 것 같았다. 농장 안에는 잔잔한 음악이 자장가처럼 흐르고 있었다. 지금 이 순간만큼은 진짜 천국에 와 있는 것만 같은 생각이 들었다. 내가 아직 껍질 밖으로 나오기 전처럼, 엄마는 엄마의 엄마의 엄마로부터 전해져온 이야기를 들려주었다. 처음 심장이 뛰듯이 두근두근 맥박이 느껴졌다. 엄마는 지금처럼 발톱이 구부러진 갈고리 모양으로 바뀐 건 하늘을 날다가 나무 위에서 잠시 쉬어 가기 위해서라고 했다. 우리가 하늘을 날지 못하는 이유에 대해서 묻자, 엄마는 하늘보다는 땅에서의 삶을 더 그리워했기 때문이라고 했다. 초원을 달리고 밀림을 지나던 땅의 감각을 잊지 못해서라고. 나는 바닥에 깔린 건초를 헤치고 미지근한 온기가 남아 있는 땅의 감촉을 느껴보았다.

하지만 엄마가 정말 하려는 이야기는 따로 있는 것 같았다. 뭔가를 망설이듯 아주 오래오래 털을 골랐다. 나는 고개를 들어 지붕에 난 천창으로 해가 조금씩 기울고 있는 것을 지켜보았다. 지금까지 해가 몇 번이나 뜨고 졌는지 궁금해졌다. 머릿속에서 빨간 공처럼 생긴 해가 공중으로 솟아올랐다 가라앉았다를 반복했다. 그제야 나는 엄마가 무슨 말을 하려는지 짐작할 수 있을 것 같았다. 어느새 나의 몸은 병아리를 벗어나 엄마만큼 자라 있었다. 가슴이 불룩하게 솟아올랐고, 머리 위의 붉은 볏도 제법 꼿꼿해졌다.

나는 주위가 어스름해지면 나타나는 트럭 한 대를 떠올렸다. 그것이 닭들을 도축장으로 실어 나르는 트럭이라는 것도, 지금처럼 해가 질 무렵이 닭들이 스트레스 없이 가장 편안한 죽음을 맞을 수 있는 시간이라는 것도 알고 있었다. 그렇게 트럭이 나타났다 사라지고 나면 농장 안은 허전할 만큼 텅 비었다가, 곧 닭들로 다시 채워지곤 했다. 엄마는 그것이 생을 마감하는 우리의 방식이라고 말해주었다. 그리고 머지않아 나에게도, 엄마에게도 닥칠 일이라는 것도.

그렇지만 슬픔은 미리 준비할 수 있는 감정이 아니었다. 처음으로 나는 알을 낳는 산란계로 태어나지 않은 것을 원망했다. 엄마는 400일령을 넘게 살았다. 내가 태어나고 죽고, 태어나고 죽고를 다섯 번 반복하고도 남는 긴 시간이었다. 엄마는 농장 안에 있는 닭들 중 가장 오래 살았고, 앞으로도 그 절반만큼의 시간이 더 남아 있었다. 오래 사는 걸 부러워하는 것은 아니었다. 단지 나는 누군가의 엄마가 되고 싶을 뿐이었다. 알 속에서 누군가 껍질을 깨고 세상 밖으로 나왔을 때 나의 엄마가 그랬듯 수많은 이야기를 들려줄 수 있기를 바랐다.

하지만 오늘은 70일령 생애 마지막 날이었다.

농장 주인은 어떤 고통도 느끼지 않을 거라고 했다. 그는 농장 체험을 온 사람들 앞에서 "에덴농장에서 태어난 것은 큰 행운이죠. 국내 최초로 동물복지인증을 받은 이 농장에서는 닭들이 쾌적한 환경에서 스트레스 없이 생활하고 있답니다. 도축할 때도 동물의 권리를 최대한 보호하기 위해 노력하고 있습니다. 마취 가스를 주입해 기절시킨 뒤 도축을 해, 어떤 고통도 느끼지 않습니다" 이렇게 설명하곤 했다.

나는 정말 고통 없는 죽음이 가능한지 궁금했다. 엄마는 깊은 잠에 빠지는 것과 다르지 않다고 말해주었다. 눈을 감고 하나, 둘, 셋을 세면 이쪽 시간에서 저쪽 시간으로 건너가게 될 거라고, 그것은 사라지는 것이 아니라 시간으로 축적되는 것이라고 했다. 엄마의 말을 전부 이해할 수는 없었다. 다만 내가 기억하지 못하는 이전의 이전의 이전의 시간을 상상해 볼 뿐이었다.

해가 완전히 기울어 밖이 보이지 않았다. 농장 안은 닭들이 가장 편안함을 느낄 수 있는 상태로 맞춰져 있었다. 천장 조명은 어둡게 조도를 낮추었고, 스피커에서는 마음을 안정시키는 클래식 음악이 흘러나왔다. 저녁 사료를 먹은 닭들은 무거워진 눈꺼풀을 끔뻑거리다 초저녁잠에 빠져들었다. 더 이상의 소란도 다툼도 없었다. 그 평화로운 시간을 방해하지 않으려는 듯 트럭이 농장 마당으로 조용히 들어섰다. 아무 일도 일어나지 않을 것 같은 평소와 다름없는 저녁이었다. 나는 엄마에게, 그리고 나의 부리와 발톱과 날개에게 천천히 작별 인사를 했다. 마지막으로 눈을 감고 마음속으로 하나, 둘, 셋을 세보았다. 참을 수 없는 졸음이 쏟아졌다.

명백히 꽃 한 송이의 사랑과 자유를

염승숙(소설가, 문학평론가)

단편 「사랑의 여름」의 첫 문장은 이렇게 시작한다. "산으로 올라가는 입구는 보이지 않았다." 나는 다소 기이하다고 여기면서도 아주 오래도록 이 문장을 고심해서 들여다볼 수밖에 없었는데, 그건 이 단출하고 평범한 문장이 생각보다 더 많이 또 깊이, 김은 소설의 특질(特質)을 담고 있었기 때문이다. 산으로 향하고 있지만 올라가는 입구는 보이지 않는다는 것. "분명 여기쯤이 맞는데" 하고 중얼거리는 동안에도 부지불식간에 "가시 돋친 가지와 넝쿨들"(9쪽)의 뒤엉킴 앞에 서 있게 되는 것. 산다는 건 그러니까 무서운 재생력을 가진 '여름 산'만큼이나 괴이하다. 분주함과 공허함이 우거진 수풀 같은 일상 속에서 툭하면 길을 잃고 헤매며, 갑작스러운 사고와도 맞닥뜨리게 되니까. 삶은 쉽게 훼손당할 수 있다. 그리고 "누구에게나 공평하게 그 기회가 잠재되어 있"(47쪽)다는 가혹한 사실을, 서글프게도, 김은은 이미 안다. 김은은 일상의 곳곳에서 예리하게 탈각된 '실재'적 진실들을 남김없이 모아서 소설 안에 부려놓는다. 그 냉연한 시선으로 절제하듯 묘사해놓은, 도무지 "식별되지 않는 마음"(99쪽) 같은 세계가 바로 지금, 우리 앞에 당도해 있다.

결함 있는 환경: 세계의 오류들

김은은 소설집 『사랑의 여름』을 통해 소설 쓰기에 관한 한 ─다소 고착화되어 있다고도 할 수 있을─ 아주 흥미로운 두 가지의 사실을 대항하듯 교란한다. 하나는, 김은 소설의 인물들이 결함 있는 '환경' 속에 놓인다는 점이다. 기자이자 소설가인 윌 스토에 따르면 보통의 소설 속 캐릭터는 '결함 있는 자아'로 설정된다.* 이야기가 시작될 때 주인공에게는 이미 생성된, 나름의 특별한 결함이 있고 그로써 그가 세계에 관해 갖는 오류들이 있다는 것인데, 이는 독자로서도 주인공이 지

* 윌 스토, 『이야기의 탄생』, 문희경 옮김, 흐름출판, 2020.

닌 약점에 공감하면서 그가 처한 현재적 상황의 위기에 자연스레 몰입하는 과정으로 이어진다.

그러나 김은 소설이 그려내는 인물들의 결함은 무엇보다도 그들을 둘러싼 '환경'에 있다. 이 선명한 환경적 결함은 보통 인간 존재의 부재와 상실로써 그려지며, 나아가 세계의 지축을 흔드는 붕괴 사고와 오염된 기후로도 설정된다. 그들이 처한 현재적 상황의 위기는 태생적으로 무언가 잃어버리고 나서 시작된 것이고, 저마다의 방식으로 일찌감치 좌절을 경험해버렸기에 우선 문제적이다. 나라는 사람이 누구인지 알기도 전에 나를 둘러싼 세계의, 차마 봉합되지 않은 부정형의 미숙함부터 깨닫고 마는 것. '~해버린다'라는 표현은 어딘지 모르게 가슴 아픈 성질을 담고 있지만, 어쩔 수 없이, 나는 김은 소설 속의 인물들이 구축해버린, 이해의 토대로써의 세계에서 낭패와도 같은 비애를 느낀다. 일상에서 발견되는 위험 요소를 타개해나가기 위해 분투하는 그들의 과정이 더러는 강인할 정도로 무덤덤해서 오히려 서러워질 정도로.

표제작 「사랑의 여름」부터 살펴보면 성인이 된 '나'에게 나타난 쉰여덟 살의 아버지는 그간에 부재했던 사실만을 더 낯설게 부각시킬 뿐이고, 뒤이은 「톱」에서 '나'의 할머니는 쓰러진 채 의식이 없는 채로 발견된다. 할머니의 사망 원인을 둘러싸고 벌어지는 불편한 진의, 그 앞에서 내가 느끼는 감각은 "아무렇게나 풀어 헤쳐진 할머니의 가슴"(41쪽)만큼이나 가시화된 혼란함이다. 며칠째 연락되지 않는 '피피'와 그에 더해 반년 가까이 얼굴을 보여주지 않는 오빠 때문에 "온통 어둠뿐"인 집 안으로 들어서는 '나'를 보여주는 「피피와 구구」도 마찬가지다. "손끝이 시릴 만큼 쨍한 어둠, 두 눈을 자꾸 슴벅슴벅하게 되는 어둠, 굶주린 듯 배 속이 헛헛해지는 어둠, 혓바늘이 돋은 듯 아릿한 통증이 밀려오는 어둠"(140쪽) 속에서 벽을 더듬는 인물에게 이 어둠은 결함으로서의 '나'의 내면 그 자체다.

하다못해 「바람의 언어」에 이르면, '여자'는 "바다과 쓰러진 벽체 사이에 샌드위치처럼"(110쪽) 낀 채로 "불빛 하나 없는 어둠"과 대면해 있다. 갑작스러운 건물 붕괴 사고의 피해자로 거대한 시멘트 벽 아래서 눈을 뜬 그녀가 오른쪽 옆구리에서의 출혈을 감지할 때 '차라리' 세상이 무너져 내렸어야 한다고 중얼거리는 건 그래서 지독하게 자연스럽다. 강렬하게 쏟아지는 태양 볕 때문에 모래사장 위에 서 있는 듯 뜨겁게 달궈진 테니스 코트는 또 어떠한가? 「스매싱의 완성」에서 그려내는, 폭염주의보가 내린 한낮의 무더위는 그 자체로 신경을 어지럽히는 혼돈이며, 「실선을 긋다」에서의 지독한 황사 역시 인물의 일상을 곤혹스럽게 자극하며 불안을 가중시키는 계제로써 기능한다.

아버지의 부재(「사랑의 여름」), 할머니의 사망(「톱」), 폭염주의보(「스매싱의 완성」), 해충(「위해하는 마음」), 건물 붕괴(「바람의 언어」), 친구와 오빠의 실종(「피피와 구구」), 황사 '매우 나쁨'(「실선을 긋다」), 제한된 생애 속 죽음에의 선고(「오늘의 기원」) 등, 이러한 결함 있는 환경에서 인물들은 "세상의 어떤 문제도 해결할 수 없"(162쪽)을 것만 같은 자조 어린 체념과 마주하고, 다만 "어제보다 오늘이 더 위험해졌음을 직감"(174쪽)한다.

하지만 그 말은 "모두 아버지 때문이야"가 아니라 "모두 아버지가 우리 곁에 없었기 때문이야"로 정정되어야 했다. 우리에게 아버지는 '원래'부터 있다가 사라진 사람이 아니라 '애초'부터 없었던 사람에 가까웠다. 통조림 뒷면에 적힌 제조 성분처럼 우리의 탄생에만 관여했을 뿐이니까. (12쪽)

지금까지 크고 작은 실패와 마주할 때마다 나에게 있어 가장 큰 핑계는 아버지가 없다는 것이었고, 그렇게 생각하고 나면 어떤 상황에서도 나 자신에게 조금은 너그러워질 수 있었다. 어쩌면 아버지의 쓸모란 '있음'의 상태가 아니라 '없음'의 상태일 때만 유효한 것인지도 몰랐다. (24쪽)

「사랑의 여름」은 아버지의 58세 생일을 축하하기 위한 저녁 식사 자리로부터 사건이 시작된다. '나'에게 아버지는 "'애초'부터 없었던 사람", 네 살 되던 해 가출하여 가장이자 아버지로서의 역할과 의무를 내내 방기했던 '돌아온 탕아'에 불과하다. 공산품 제조와 마찬가지로 생물학적 탄생에만 일조했을 뿐, 어릴 적 떠나버린 뒤 현재 '나'의 삶의 유지에 그 어떤 기여도 하지 않았던 아버지가, "거의 자연 상태로 방치된 산"(13쪽)처럼 몰개성적인 모습으로 재등장해 '장뇌삼'을 찾으러 가자고 했을 때 '나'가 느낀 절망감은 그러므로 너무도 당연하다. 해결 불가능한 난제와도 같은 현실 속에서 '아버지의 부재'를 실패의 간판처럼 내걸었던 '나'의 습관이 그의 귀환으로 인해 오히려 낙담에 가까운 변수가 되어버렸기 때문이다. 이제 '나'의 예정된 미래에는 아버지를 중심에 둔, 그 어떤 도피적인 원망도 불가능할 것만 같은 서글픈 예감만이 도사리고 있다.

아버지 부재의 상태만이 안정된 형태의 '지속됨'을 보장하는 역설을 드러내듯 아버지와의 산행은 좀처럼 방향을 가늠할 수 없다. 분뇨와 오수, 날벌레로 괴로운데다 특히 발밑에 무엇이 있을지 예상할 수 없는 야생의 날것 그대로의 두려움이 전부다. "커다란 전지가위로 구멍을 오려내듯 가지들을" 잘라내며 앞장서는 아버지의 모습은 더욱더 그의 무력함을 방증한다. "나무를 잘라내고 또 잘라내도 가지들은 계속해서 나타나"(10쪽) 시야를 가로막았으므로. "산 너머로 고속도로가 새로 뚫리면 땅값이 천정부지로 치솟을 거다"(20쪽)라고 떠들어대는 아버지의 기대는 '나'에게 텅 비어 있는 것이며 도리어 불안한 체념을 야기한다.

"삶의 균형을 깨뜨리는 변수들은 내부가 아닌 외부에 존재했고, 그 외부란 언제나 가족의 범주를 벗어나지 못했다"(18쪽)는 '나'의 고백을 들려주며 작가는 「사랑의 여름」을 통해 질문—가족과 사랑은 무엇이며 가족 구성원으로서의 성실한 의무와 자유로운 방종은 양립 가능한 것인지—을 던지지만, 그보다 더 분명하게 '나'의 몸에 에두른 외피와도 같은 '가정 사정'이라는 환경이 결함으로 작동할 때, '나'의 위기 역시 태생적으로 탄생하고 있다는 점을 적시(摘示)한다.

부재는 결국 인간이라는 존재를 구성하는 기본 요소다. 인간이 그 고통을 체현하며 변동과 균열이라는 시소 위에서 삶의 형태를 꾸려나간다고 본다면, 부재를 향해 기울이는 감각의 촉수는 필수적이다.

위기: 삶의 장면들

김은 소설에서 나타나는 또 다른 특이점은, 소설 속에서 위기는 위기로써 해소되거나 더 큰 위기로 도약하지 않는다는 것이다. 인물들은 위협적인 환경 속에 지속적으로 노출되며, 저마다 위태로운 비밀을 간직하고 있다. 이들의 위기는 위기로만 기능할 뿐 그 위기가 봉합되거나 해결되는 결말에 이르지는 못하는데, 이건 아마도 그들이 살아내는 이 세계가 변함없이 공고한 위기 그 자체이기 때문일 것이다.

앞서 「사랑의 여름」에서도 무역회사에 다니는 '나'는 평소 부족한 외국어 실력을 이유로 탐탁지 않게 여기던 부장에 의해 부산 사무소로 발령이 난 사실을 남자 친구에게조차 말하지 못한다. 좌천이나 다름없는, 눈에 보이지 않는 발밑 동공(洞空)만큼이나 어두운 위기가 '나'에게 도래해 있고, 그 위기는 "가시나무 숲을 지나고 작은 도랑을 건"(32쪽)너며 산을 내려오는 결말에 이르러서도 여전히 그대로다. 산길의 좁은 통로를 빠져나오는 순간에야 산에 대해서 얼마나 무지했는지를 깨닫는 '나'의 위험천만한 위기 의식만이 돌올해질 따름이다.

한편, 「톱」의 주인공인 '나'는, "일하던 학원을 그만두었다고 말하면 엄마는 어떻게 반응할까?"(37쪽)라고 고민한다. 그녀는 학원 원장이 보내온 불법 촬영 성추행 사진들로 '대놓고 협박'당하는 지경에 이르러 있다. '나'는 의식이 없는 상태로 쓰러져 응급실에 누워 있는 할머니를 바라보며, 단순 사고사에 가려진 '성호 아저씨'의 패륜적 범법 행위의 가능성 유무를 고민한다. 그러나 '나' 역시 수업 중에 갑자기 이성을 잃고 뛰쳐나온 학생으로부터 목 졸림을 당한 바 있고, 원장이 보내온 사진의 초점이 가슴과 허벅지 등 신체의 특정 부위에 포착되어 있다는 점으로 미루어 아이가 드러낸 폭력성 이면에 자신을 향한 성적 조롱과 추행이 선제되어 있었다는 사실을 깨닫는다. 어쩌면 매 순간 '무방비'한 폭력적 세계에 노출되어 왔다는 점에서 두 사람이 맞이한 위기는 전혀 다르지 않았던 것이다.

「위해하는 마음」의 위기 상황도 마찬가지로 도입부에서 이미 제시되고, 결말까지 결코 느슨해지지 않는다. 정직 처분으로 사무실을 나선 '수선 언니'가 '정화'에게 맡기고 간 호프셀렘 화분에 해충이 번지는 '문제'가 생겨버린 것. 붉은색 거미 '응애'가 잎사귀에 바글거리는 화분을 들고 수선 언니의 집으로 향하는 정화에게 수선 언니는 '응애'라는 불편한 존재 그 이상도 이하도 아니다. 그리고 첫 직장 생활에서 만난 사수였던 '하얀 선배'의 조언, "사회생활에서도 피아식별이 꼭 필요하다는 말"을 명심하고 있는 정화는 그가 떠난 뒤에도 "친절이라는 사회적 가면"(100쪽)을 벗지 않기에, 정화의 손에 들린

'응애'는 정형화된 경로에서 이탈된, 불안전한 세계로의 진입을 암시한다. 정화는 "문제의 원인을 단번에 없애버리고 최대한 빨리 정상의 상태를"(105쪽) 되찾고자 하지만 우리는 다시 한번 피아식별의 불가능성 앞에서 고심하게 된다. 슬픔을 미리 준비할 수 없다면 인간은 응애와 무엇이 다른 것이냐고. 인간 또한 지구의 한구석에서는 해충이나 다름없다. 어느 토양에서 바글거리게 될지 알 수 없는 것. 더 이상 서로에게 개인적인 애착을 가지지 못하고, 임시적이고 피상적인 관계만이 만연해진 어느 집단이나 조직에서든 내가 '해로운' 응애가 아닐 거라는 자신감, 그것은 누구에게도 쉽게 주어지지는 않는다.

「스매싱의 완성」에서 그려지는 '성욱'을 살펴보면 그는 대학에서 프랑스어를 가르치는 교수로, 정식 임용된 지는 3년이 채 되지 않았다. 아직 학교에서 제대로 자리 잡지 못한 위태로운 처지이지만, '작은 프랑스'로 불리는 집값 높은 주택가에 살며 '스펙' 좋은 멤버들로 구성된 테니스 모임에 가입해서 활동 중이다. 자신에게 어떤 자격과 수준이 적용되어 모임에 가입할 수 있었는지 여전히 의아하고, 감당하기 버거운 집값에 매달 대출금 이자를 걱정하면서도 성욱은 이 모든 위기로서의 '환경'을 포기할 수 없다. 그 또한 "학교에서 퇴출된 것이나 마찬가지라는 사실"을 모두에게 감추고 무시무시한 폭염 아래 다만 근심하고 있다. 어느 날의 술자리에서 불미스러운 사고—대학원생 성추행 가해자가 학과장이 아닌 성욱으로 소문이 와전된 것—에 연루되었으나 적절한 타이밍에 맞춘 유효한 '스매싱' 한 방으로 오명을 벗어야 한다는 압박감에 시달리며 땀 흘리는 것이다. 매일 학교에 출근하며 자신의 억울함을 항변하면서도 "그런 식의 버티기가 무슨 소용이 있는지"(67쪽) 회의하는 그에게 "불볕더위가 쏟아지는 모래사장 한가운데 가릴 것도 없이 있는 듯한 착각"(60쪽)은 이제 테니스 코트 위에서만은 아니다. 세계는 불완전하고 미완성된 것들로만 가득하고, 충분히 해결할 수 있다고 자신했던 문제는 그리 간단하지가 않다. 그러니 테니스장을 기웃대는 '남자'를 향해 치솟는 분노는 성욱 자신을 향한 것이다. 스매싱을 성공해보고 싶다는 마음만으로 뜨거운 태양 아래 비틀거리는 남자의 저 간절한 욕망은 성욱의 내부에도 분명히 도사리고 있는 것이니까.

성욱은 적절한 타이밍을 놓치지 않기 위해 소리 내어 하나 둘 셋, 하고 숫자를 셌다. 이상하게도 숫자를 세는 그 짧은 순간에 삶의 장면들이 하나둘씩 떠올랐다 사라졌다. 대부분 후회가 되는 순간들이었다. 실력이 부족했거나 최선을 다하지 못했거나 그런 노력의 유무와 상관없이 패배의 좌절을 겪어야만 했던 순간들.

그리고 라켓에 맞은 공처럼 어디로 향할지, 어떤 결과를 가져올지 가정할 수도 없는 기다림의 순간들. 성욱은 지금 자신이 그 막막함의 한가운데에 놓여 있다고 생각했다. (77쪽)

"적절한 타이밍을 놓치지 않기 위해" 대비하고 또 분투해도, 눈앞에 떠오르는 "삶의 장면들"이 패배의 순간만이라면 인간은 매 분 매 초 얼마나 많은 좌절의 타점 속에 놓이는 것일까? 온몸의 근육이 팽팽히 당겨지는 걸 느끼며 공을 던지고 또 던져도 결국 이 세계에 내던져지는 건 인간이고, 그로써 피투적 존재인 인간은 "라켓에 맞은 공처럼 어디로 향할지, 어떤 결과를 가져올지 가정"하거나 알 수 없게 된다. 그렇게 되어버린다. 말마따나 산다는 건 "승패를 알 수 없는 테니스 경기" 같은 거니까. 애석하게도 우리가 삶에서 끝끝내 발견할 수 있는 건 온갖 종류의 '알 수 없음' 즉, 모호함뿐인지도 모를 일이다.

무너진 시멘트 더미에 파묻힌 채로도, "여기서 빠져나가면 황량한 폐허만이 끝없이 펼쳐져 있을 것 같"(117쪽)다는 절대적 위기와 마주한 「바람의 언어」, "비둘기는 죽으면 몸이 투명해져서 공기 중으로 사라져"(138쪽)라는 마지막 말을 뒤로하고 연락이 두절된 소설가 '피피'와, 반년 전부터 두문불출하며 방에서 나오지 않는 오빠를 향한 불안으로 내면이 부자

유하게 잠식된 「피피와 구구」, 배 속의 아이를 잃은 상처로 집 안에만 머물며 "유리병 속 곤충"과 "생명이 꺼져버린"(183쪽) 아이를 동일시하는 「실선을 긋다」……. 이 소설들의 인물들에게도 "낮과 다를 것 없는 밤"(186쪽)이 연속적으로 찾아든다. 단조롭고 먹먹한 풍경 속에서 이들이 처한 비극적 위기의 '개선 가능성'이 0과 같다고 보는 작가적 인식을 발견하기에 이르면, 그간에 우리가 삶의 온전한 의미에 부여한 믿음에 대해서, 그러니까 인간은 부단한 성찰과 노력으로 삶의 위기를 정복할 수 있다는 희구(希求)는 불량한 오해이거나 지극한 오만에 불과했던 것이 아닌지 돌아보게 된다.

움츠러들기: 불안과 강박의 시대에서

'매우 나쁨' 상태의 황사가 지속되는 나날에 온통 무채색인 창밖을 바라보는 '나'는 곤충을 그리는 일러스트레이터로 일하고 있다. 태중의 아이를 잃고 난 상실감으로 '나'는 외출을 거부하며 집 안에서만 생활한다. '나'는 남편 '선규'의 여행사가 금전적인 어려움을 겪고 있다는 생각에, 오염 지역에서 생긴 돌연변이 곤충들로 도감을 만들자는 출판사 대표 '신선배'의 제안을 받아들이지만 곧 난처한 상황에 직면한다. 모래 먼지가 하얗게 내려앉은 상자 안에는 약솜으로 채워진 둥근 유리병이 들어 있는데 포르말린 냄새와 함께 딸려 나온 곤충들은 몸통과 다리, 날개가 보이지 않는 잠자리라든가 머리와 꼬리의 위치가 뒤바뀐 입벌레, 오른쪽과 왼쪽 날개의 크기가 다른 나비, 머리가 두 개 달린 파리, 집게 없는 사슴벌레, 앞다리 없는 사마귀 등, 본래의 모습을 알아보기 어려운 것들이다. "날개가 찢기고, 다리가 잘리고, 몸통이 녹아내릴 만큼"(177쪽) 극도로 위험한 세계가 바로 「실선을 긋다」에서 충일하게 묘사되고 있다.

나는 상자를 그대로 둔 채 화장실로 달려갔다. 몸 곳곳이 간지럽고 당장에 기침이 터져 나올 것 같았다. 가까스로 기침을 참으며 수도꼭지를 틀었다. 숨 쉴 틈 없이 손에 비누 거품을 잔뜩 묻혔다. (……) 그런데도 안심이 되지 않았다. 양손 가득 더러운 세균이 우글댈 것 같았다. 나는 욕실 선반에서 살균제를 꺼내 세면대에 부었다. 역한 알코올 냄새가 나는 액체에 손을 담갔다. 알코올의 시린 기운이 손끝을 파고들었다. (176쪽)

국내외 자연에서 포획되어 '나'에게 배달되는 곤충들은 기형성과 비정상성을 드러내는 장치로, 세정과 살균만으로는 오염의 확산을 막을 수 없는 무방비 상태의 위기로 '나'를 뒤

흔든다. 씻고 또 씻어내도 터져 나오는 기침을 막을 길이 없어 살균제에 손을 담가버리는 '나'의 강박적 행위는 자기 파괴의 성격을 띤다. 그리고 손끝을 파고든 알코올의 시린 기운이 가실 새도 없이 '나'가 눈에 보이는 모든 것에 ─ 그것이 흙투성이로 집 안에 들어선 남편의 얼굴일지라도 ─ 살균제를 분사하는 대목에 이르러 우리는 "결코 완성하지 못할 도감의 첫 장에"(187쪽) '나'가 들어설 거라는 불길한 예감을 지울 수 없게 된다. '나'는 바깥세상과의 연결 고리였던 대상을 내쫓고, 깨진 유리 조각과 찢긴 그림들 속에서 스스로 단절과 소외를 선택해버린 셈이니까.

사회학자인 리처드 세넷은 "불안은 성격형성적(character-forming)"이라던 라이트 밀러의 말을 빌려 "사람들은 자신들이 아니라 환경이 길러낸 불안을 다루면서 내적인 힘을 발전시킨다"*라고 했는데, 그렇다면 김은 소설의 인물들은 어떠한가? 그들은 위협적인 환경에 노출되는 순간 위험 속에 고립된다. 우울과 불안과 무기력감에 휩싸인 채로 모든 사건의 책임자로 자신을 지목하고 움츠러든다. 「실선을 긋다」에서도 아이를 잃은 엄마인 '나'는 "모두가 아니라고 했지만, 그건 내 잘못이 분명했다"(175쪽)라고 자신을 아이 죽음의 가해자로

* 리처드 세넷, 『투게더』, 김병화 옮김, 현암사, 2013.

위치시키고 있다. 인간은 각자가 수행해야 하는 역할에 대한 경계심을 불안으로 표출하며, 그러한 불안을 '처리'하기 위한 방식으로 "움츠리고 싶은 욕구"를 갖는다던 세넷의 말처럼 김은 소설의 인물들은 고독한 자책으로 저마다 병들어간다.

이 인물은 "스스로의 부주의함을 탓하"고(「사랑의 여름」, 28쪽), 사는 건 "날마다 조금씩 쓸모없어지는 거"라고 여기며 (「피피와 구구」, 142쪽) "목젖과 성대까지 전부 퇴화해버린 것 같"(「바람의 언어」, 122쪽)은 기분으로 "모두가 합의한 침묵" (「톱」, 55쪽) 속에 덤덤히 자리하려 든다. "무차별함 앞에서 나는 지금 이전에도, 지금 이후로도 여전히 무력할 수밖에 없다는 생각이 들었다. 그러자 모든 전의가 사라지는 듯했다." (「톱」, 49쪽)라는 진술은 전형적인 '움츠러들기(withdrawal)'의 태도이다. 그들은 단지 "이제 그만 모든 것이 제자리로 돌아가길" 바라며 "다시 안전해질 수 있다는 가능성"(75쪽)만을 더 중요하게 여긴다.

그들의 개인화된 움츠러듦의 이유는 분별할 수 없는 이 세계에 위기가 태생적으로 당도해 있는 까닭이며 또한 "누군가를 위로하고 마음을 베풀어주는 것은 때때로 위험할 수도"(99쪽) 있다는 지위 불안 때문이다. 위기의 순간에 일으키는 '식별 오류'에 맞닥뜨리지 않기 위해 "적절한 거리를 유지"(105쪽)하려 애쓰며 살충제를 뿌리는 「위해하는 마음」의

'정화'처럼 그들은 그들 자신이 "힘없고 약한 일꾼 벌레들" (100쪽)이라는 사실만을 강력한 '표식'으로 삼아서 남은 삶을 간구해나간다. 그러나 김은이 만들어내는 인물들은 불안과 강박을 줄이기 위한 자발적인 후퇴로서 '움츠러들기'만을 선택하지는 않는다. 뜨거운 코트 위를 걸어 나와버리는 성욱(「스매싱의 완성」)이 있고, 무너진 건물의 잔해 아래서 천천히 입술을 떼고 휘파람을 부는 여자(「바람의 언어」)가 있고, 협박을 일삼는 고용주를 향해 차를 몰며 "더 이상은 함부로이고 싶지 않"(56쪽)다고 생각하는 '나'(「톱」)가 있다. 좀 더 환한 불빛을 맞이하기 위해 '오' 하고 길게 소리를 내는 시간이, 그들의 미래에 예비되어 있는 셈이다.

Summer of love: Human be-in

다시, 「사랑의 여름」을 펼친다. 네 살 때 가출한 아버지의 사진 한 장을 앨범에서 꺼내 "불온한 물건처럼 남몰래 보관"하고 있었던 '나'와, 그의 아버지에 대한 이야기가 우리에게 남아 있다. "사진으로만 그 존재를 확인할 수 있는 사람"(16쪽)이었던 아버지는 나팔바지를 입은 장발의 젊은 청년으로 '나'에게 각인된다.

어떤 록밴드 가수의 야외 콘서트장에서 찍은 듯한 그 사진에는 아버지와 비슷한 옷차림을 하고 비슷한 포즈를 취한 사람들이 여럿 있었는데, 꼭 1960년대 외국 영화의 포스터를 보는 듯한 느낌이었다.

그 사진의 뒷면에는 아무렇게나 휘갈겨 쓴 글씨로 '사랑의 여름, 1986'이라고 적혀 있었다. 유치하고 뻔한 ─ 내가 태어나기 2년 전, 그러니까 스물두 살의 그는 분명 이런 시시껄렁한 말밖에는 하지 못했을 테니까 ─ 표현이라고 생각해서 볼 때마다 눈살이 찌푸려지던 그 문구의 의미가 무엇인지 나는 훗날 대학생이 되고서야 알았다. (16쪽)

스물두 살의 아버지가 박제된 사진의 뒷면에는 '사랑의 여름, 1986'이라고 적혀 있다. 1967년 여름에 미국 샌프란시스코를 중심으로 발생한 '아름다운 광풍'이었던 반문화 운동의 이름을 적어 넣은 것이 아버지에게 어떤 의미였는지 확인할 길은 없지만, '나'는 아버지의 자유로운 젊은 날과 '샌프란시스코'라는 말을 떠올리기만 해도 "조용한 폭동을 일으키고 싶"(20쪽)은 성마른 심정이 된다. "샌프란시스코에 오는 누구라도 여름에는 사랑이 있을 것입니다"(17쪽)라는 노랫말은 교양 수업의 담당 교수가 강의실에서 들려준 스콧 매켄지의 노래 한 구절이었을 뿐, '나'로서는 평화주의라든가 자유연

애를 주제로 한 그들의 사상과 감정을 주효하게 통과해내기란 어렵다. 성장하는 내내 '나'에게 삶은 "참담해지는 순간들"(18쪽)의 연속이었고, 균형이 깨어지는 특정한 가변적 요인들에 대항하는 태세로 이루어져왔으니까. 사랑과 자유, 의무와 소유가 병치될 수 없는 삶의 요소라면 아버지와 나는 필연적으로—필사적으로—합일되지 않는 생의 목표 아래 놓인 것이다.

"현실의 문제를 해결하는 것만으로도 삶은 쉴 틈이 없었"는데도, 그럼에도 '나'가 때때로 느꼈던 그 '조용한 폭동'의 정체를 무엇이라고 부를 수 있을까? 그건 '나'도 마찬가지로 "아버지처럼 '사랑의 여름'으로 훌쩍 떠나고 싶은 마음"(20쪽)이 제어되지 않았기 때문이다. 통장의 잔고를 떠올리고, 적성에도 맞지 않는 회사에 출퇴근을 반복하면서 매 순간 힘이 센 현실 앞에 속박되고 마는 일상의 여로에서 '샌프란시스코'에 가 닿기란 얼마나 요원한 것인가. 하지만 수만 명의 젊은이들이 꽃의 자동차를 타고 모여들었던 그 축제의 정신을 '나'는 한 장의 사진에 담긴 아버지의 형상으로써 은밀히 간직하고 있다. 이따금씩 발목의 통증으로 주저앉을 때, 숨 막히는 더위와 매캐한 모래 먼지 틈바구니에서 목이 마를 때, 태양과 안개에 지칠 때, 그 비밀스러운 사유는 아마도 오래, 지속될 것이다. 삶은 언제나 내 '의지 바깥'에 놓인 듯 긴장을 늦출 수 없고 인간은 누구나 가시나무 덤불 속에서 서로를 놓쳐버리는 실수를 저지르지만, 해마다 여름은 돌아오고 우리는 명백히 꽃 한 송이의 사랑과 자유를 꿈꾼다. 역설적이게도 그 꿈의 세계를 우리는 김은의 소설로, 소망한다.

최초의 0.

기원전 300년경 바빌로니아 사람들이 빈자리를 나타내는 기호로 사용했던 숫자다. 바둑판 모양의 계산판 위에 돌을 옮겨가며 계산했는데, 그때 빈자리를 표시하기 위해서 0은 생겨났다. 그러므로 0은 무(無)의 상태가 아니라 아직까지 비어 있는 상태를 의미한다.

나는 나의 1번째 소설집이 0번째 책이라고 말하고 싶다. 곱하면 세상의 어떤 수도 0이 될 수 있도록 하는 무한한 영향력의 숫자.

여덟 편의 소설을 책으로 묶기 전까지 나는 계속 0에 머물러 있었다. 아무것도 아니면서 아무것도 아닌 게 아닌 상태로 오랜 시간을 지나온 느낌이다.

한 편 한 편 소설을 완성할 때마다 저울에 그 무게를 가늠하면서 바늘이 1로 바뀌기를 고대했다. 그리고 마침내 저울의 눈금이 1이 되었다. 그러나 여전히 나는 1이 아니라 0에 머물러 있는 느낌이다.

어쩌면 나의 이야기들은 여섯 살 무렵, 내 첫 기억으로 남아 있는 빵빠레 아이스크림처럼 쉽게 녹아 사라질 수 있는 것일지도 모른다. 하지만 누군가에게는 아이스크림 표면의 무늬를 혀로 핥을 때에 느껴졌던 달콤함으로, 녹아서 손으로 흘러내린 아이스크림의 끈적한 감촉으로 기억되길 바란다.

그래서 나의 0번째 책이 사라졌거나, 사라져가고 있거나, 사라져버릴 모든 것들의 빈자리를 알리는 표시로 쓰였으면 한다.

0을 채워준 1들에게 고마운 마음을 전한다. 사랑하는 부모님과 가족, 친구들. 그리고 늘 힘이 되어주는 창작동인 반상회(반전과 상상) 멤버들. 애정 어린 해설을 써주신 염승숙 작가님과 책이 만들어지는 과정 동안 세심하게 배려해주신 자음과모음 최찬미 편집자님께도 감사드린다. 마지막으로 나를 온전한 0이 될 수 있게 해준 배종준에게 이 책을 가장 먼저 선물하고 싶다.

슬픔도 반짝이는 사랑의 계절에,

김은

수록 작품 발표 지면

사랑의 여름
『실천문학』 2022년 여름호

톱
『낯익은 괴물들』(폭스코너, 2021)

스매싱의 완성
『영화가 있는 문학의오늘』 2019년 여름호

위해하는 마음
『맥』 2023년 여름호

바람의 언어
『작가세계』 2014년 겨울호

피피와 구구
문장 웹진 2015년 8월호

실선을 긋다
『작가세계』 2015년 겨울호

오늘의 기원
『무민은 채식주의자』(걷는사람, 2018)

초판 1쇄 인쇄일 2023년 7월 7일
초판 1쇄 발행일 2023년 7월 14일

지은이   김은
펴낸이   정은영
편집   최찬미 이태은
디자인   이선희
마케팅   이언영 한정우 전강산 윤선애 이승훈 최문실
제작   홍동근

펴낸곳   (주)자음과모음
출판등록 2001년 11월 28일 제2001-000259호
주소   10881 경기도 파주시 회동길 325-20
전화   편집부 02) 324-2347 경영지원부 02) 325-6047
팩스   편집부 02) 324-2348 경영지원부 02) 2648-1311
이메일   munhak@jamobook.com

ISBN 978-89-544-4928-1 (03810)

이 도서는 2021년도 한국문화예술위원회 아르코문학창작기금(발간지원) 사업에
선정되어 발간되었습니다.